梁祝故事研究〔四〕

許端容 著

目次

參考暨引用文獻

古籍

（按編撰者時代排列）

《搜神記》（八卷本）　晉・干寶撰，《龍威秘書》，臺北：新興書局，1969 年。

《搜神記全譯》（二十卷本）　晉・干寶撰，黃滌明譯注，貴陽：貴州人民出版社，1991 年 1 月一版。

《搜神後記》　晉・陶淵明撰，北京：中華書局，1985 年。

《藝文類聚》　唐・歐陽詢撰，北京：中華書局，1965 年 11 月。

《隋書》　唐・魏徵等撰，電子版《文淵閣四庫全書》本，臺北：迪志文化出版有限公司，1999 年。

《駱丞集》　唐・駱賓王撰，《叢書集成新編》本，臺北：新文豐出版公司，1985 年。

《宣室志》　唐・張讀撰，臺北：廣文書局，1968 年 6 月初版。

《大唐新語》　唐・劉肅撰，《稗海》，《百部叢書集成》本，臺北：藝文印書館，1969 年。

《東觀奏記》　唐・裴庭裕撰，《百部叢書集成》本，臺北：藝文印書館，1969 年。

《酉陽雜俎》　唐・段成式撰，北京：中華書局，1985 年。

《李義山詩集》　唐・李商隱撰，臺北：臺灣學生書局，1973 年 10 月。

《舊唐書》　五代・劉昫等撰，景印《文淵閣四庫全書》本，臺北：臺灣商務印書館，1989 年。

《新譯唐摭言》　五代·王保定撰，姜漢椿新譯，臺北：三民書局，2005 年 1 月。

《太平寰宇記》　宋·樂史撰，電子版《文淵閣四庫全書》本，臺北：迪志文化出版社，1999 年 11 月。

《新唐書》　宋·歐陽修、宋祁等撰，景印《文淵閣四庫全書》本，臺北：臺灣商務印書館，1989 年。

《東坡樂府》　宋·蘇軾撰，《叢書集成續編》本，臺北：新文豐出版公司，1989 年。

《元豐九域志》　宋·王存等撰，電子版《文淵閣四庫全書》本，臺北：迪志文化出版社，1999 年 11 月。

《會稽志》　宋·施宿等撰，電子版《文淵閣四庫全書》本，臺北：迪志文化出版社，1999 年 11 月。

《通志》　宋·鄭樵撰，景印《文淵閣四庫全書》本，臺北：臺灣商務印書館，1986 年。

《郡齋讀書志》　宋·晁公武撰，《書目續編》本，臺北：廣文書局，1963 年 12 月。

《郡齋讀書志後志》　宋·晁公武撰，景印《文淵閣四庫全書》本，臺北：臺灣商務印書館，1986 年。

《直齋書錄解題》　宋·陳振孫撰，《百部叢書集成》本，臺北：藝文印書館，1969 年。

《輿地紀勝》　宋·王象之撰，《續修四庫全書》據北京圖書館藏清影宋抄本配補清抄本影印本，上海：上海古籍出版社，1995 年。

《乾道四明圖經》　宋・張津等撰，《宋元地方志叢書》本，臺北：大化書局，1980 年。

《寶慶四明志》　宋・羅濬撰，《中國方志叢書》本，臺北：成文出版社，1983 年 3 月一版。

《咸淳毗陵志》　南宋・史能之撰，臺北：成文出版社有限公司，1983 年。

《文忠集》　南宋・周必大撰，景印《文淵閣四庫全書》本，臺北：臺灣商務印書館，1986 年。

《樂府詩集》　南宋・郭茂倩撰，臺北：里仁書局，1981 年。

《浪語集》　南宋・薛季宣撰，《四庫全書珍本》本，臺北：臺灣商務印書館，1971 年。

《延祐四明志》　元・袁桷撰，《中國方志叢書》本，臺北：成文出版社，1983 年 3 月一版。

《宋史》　元・托克托撰，電子版《文淵閣四庫全書》本，臺北：迪志文化出版社，1999 年 11 月。

《文獻通考》　元・馬端臨撰，電子版，臺北：迪志文化出版社，1999 年 11 月。

《至大金陵新志》　元・張鉉撰，景印《文淵閣四庫全書》本，臺北：臺灣商務印書館，1986 年。

《錄鬼簿》　元・鍾嗣成撰，《續修四庫全書》影印寧波天一閣博物館抄本，上海：上海古籍出版社，2002 年。

《重校錄鬼簿》　元・鍾嗣成撰，臺北：鼎文書局，1974 年 2 月初版。

《錢塘遺事》　元・劉一清撰，電子版《文淵閣四庫全書》本，臺北：迪志文化出版社，1999 年 11 月。

《永樂大典》　明・明成祖敕編，姚廣孝、解縉等編纂，臺北：
　　世界書局，1962 年 2 月。

《太和正音譜》　明・朱權撰，臺北：學海出版社，1980 年 9 月。

《善權寺古今文錄》　明・方策撰，《北京圖書館珍本叢刊本》本，
　　北京：書目文獻出版社，1998 年。

《元曲選》　明・臧晉叔撰，臺北：正文出版社，1999 年。

《曲品校註》　明・呂天成撰，吳書蔭校註，北京：中華書局，
　　1990 年 8 月。

《常州府志續集》　明・張愷撰，明正德八年刊本，臺北：成文
　　出版社，1970 年。

《說郛》　明・陶宗儀撰，電子版《文淵閣四庫全書》本，臺北：
　　迪志文化出版社，1999 年 11 月。

《寧波府簡要志》　明・黃潤玉撰，《四庫全書存目叢書》本，臺
　　北：莊嚴文化事業有限公司，1996 年 8 月初版。

《寧波府志》　明・張時徹撰，《中國方志叢書》影印明嘉靖三十
　　九年刊本，臺北：成文出版社，1983 年 3 月一版。

《廣輿記》　明・陸應陽纂，清・蔡芳炳增輯，《四庫全書存目叢
　　書》影印康熙五十六年聚錦堂刻本，濟南：齊魯書社，1996
　　年 8 月一刷。

《浣水續談》　明・朱孟震撰，明萬曆間刊本，臺北：國家圖書
　　館微捲。

《識小錄》　明・徐樹丕撰，臺北：新興書局，1985 年。

《古今小說》　明・馮夢龍撰，江蘇：古籍出版社，1991 年 9 月。

《古今情史類纂》 明‧馮夢龍撰,《筆記小說大觀四編》本,臺北:新興書局,1964年。

《情史》 明‧馮夢龍撰,臺北:新興書局,1964年。

《圖書編》 明‧章潢撰,《四庫全書珍本》本,臺北:臺灣商務印書館,1971年。

《陶庵夢憶》 明‧張岱撰,《四部叢刊》本,臺北:漢京文化公司,2004年3月。

《欽定四庫全書總目》 清‧紀昀撰,電子版《文淵閣四庫全書》本,臺北,迪志文化出版社,1999年11月。

《全唐詩》 清‧清聖祖敕編,景印《文淵閣四庫全書》本,臺北:臺灣商務印書館,1986年。

《江南通志》 清‧黃之雋撰,景印《文淵閣四庫全書》本,臺北:臺灣商務印書館,1986年。

《康熙鄞縣志》 清‧聞性道纂,汪源澤修,《中國方志集成》影印康熙二十五刻本,上海:上海書店,1993年6月。

《(乾隆)鄞縣志》 清‧錢大昕纂,錢維喬修,《續修四庫全書》影印乾隆五十三年刻本,上海:上海古籍出版社。

《宜興荊谿縣志》 清‧吳景牆修,《中國方志叢書》影印清光緒八年刊本,臺北:成文出版社,1974年6月一版。

《清水縣志》 清‧朱超撰,臺北:臺灣學生書局,1968年1月初版。

《桃溪客語》 清‧吳騫撰,《百部叢書集成》本,嚴一萍選輯,臺北:藝文印書館。

《拜經樓詩集》 清‧吳騫撰,《續修四庫全書》本,上海:上海古籍出版社，2002 年 3 月一版。

《拜經樓詩集續編》　清・吳騫撰，《續修四庫全書》本，上海：
　　上海古籍出版社，2002 年 3 月一版。

《通俗編》　清・翟灝撰，臺北：國泰文化事業有限公司，1980
　　年 1 月初版。

《宜興縣志》（舊志）　清・甯楷等撰，臺北：新興書局，1965 年。

《劇說》　清・焦循撰，臺北：廣文書局，1970 年 12 月初版。

《寧波府志》　清・曹聚仁撰，《中國方志叢書》影印乾隆六（1741）
　　年補刊本，臺北：成文出版社，1983 年 3 月。

《四明談助》　清・徐兆昺撰，清道光八年浣江學半齋刊本，臺
　　北：國家圖書館善本書室藏。

《曲錄》　清・王國維撰，《叢書集成續編》本，臺北：新文豐出
　　版股份有限公司，1991 年 7 月一版。

《重刊荊溪縣志》　清・唐仲冕等修，甯礫山纂，嘉慶二年刻本，
　　臺北：成文出版社，1983 年。

《鄞縣通志》　《中國方志叢書》本，臺北：成文出版社，1983
　　年 3 月一版。

《全唐詩外編》　王重民、孫望、童養年輯錄，臺北：木鐸出版
　　社，1983 年 6 月。

專書

（按出版年月排列，出版年月未詳者，置於本類最後。）

《祝英台辭學梁山伯送友》　光緒三年許昌成文堂本，中央研究

院歷史語言研究所傅斯年圖書館藏本 AKUI20-374。

《蛇郎》　黃詔年撰，上海：開明書店，1929 年 10 月。

《祝英臺故事專號》　錢南揚編輯，婁子匡校纂，《民俗周刊》第
　　九十三、四、五期合刊（原 1930 年 2 月 12 日出版），臺北：
　　東方文化書局，1970 年冬季復刊。

《全本姻緣記歌》　雷陽印書館，1933 年 3 月。

《臺灣むかし話》第三輯　鶴田郁撰，臺灣藝術社，1943 年 7 月。

《士九人心別歌》　新竹：竹林書局，1952 年 1 月 10 日。

《士九人心別歌》　新竹：竹林書局，1955 年 1 月 20 日。

《最新英臺二十四送哥歌》　義成圖書社發行，興新出版社印行
　　1955 年 5 月。

《梁祝戲劇輯存》　錢南揚輯錄，上海：上海古典文學出版社，
　　1956 年 7 月。

《梁三伯與祝英臺》　《臺灣通俗歌選集》第三集，《特選通俗民
　　謠集》，華南書局，1957 年。

《湖南唱本提要》　福祿圖書公司，1959 年 10 月復刊。

《三伯征蕃歌》　新竹：竹林書局，1961 年。

《三伯相思討藥方歌》　中央研究院歷史語言研究所傅斯年圖書
　　館藏雜曲閩 A8～004，新竹：竹林書局，1961 年再版。

《中國戲曲總目彙編》下冊　羅錦堂編，臺北：萬有圖書公司，
　　1966 年。

《梁祝故事研究》　周清樺撰，臺北：東方文化書局，1967 年。

《南戲拾遺》　陸侃如、馮沅君編，進學書局，1969 年 10 月初版。

《寧波風物述舊》　張行周編，臺北：民主出版社，1974 年 11 月。

《梁祝故事說唱合編》 杏橋主人等撰，臺北：古亭書屋，1975
　　年 4 月一版。

《清乾隆間刊「同窗琴書記」校理》 吳守禮撰，臺北：吳守禮
　　發行，1975 年 5 月。

《中國戲劇發展史》 周貽白撰，臺北：僶勉出版社，1975 年 9
　　月。

《中國俗文學史》 鄭振鐸撰，臺北：粹文堂，1975 年。

《梁山伯與祝英臺》 章玉華撰，臺南：東海出版社，1977 年 6
　　月。

《中國民間故事一百篇》 周太戊撰，臺北：華風出版社，1978
　　年 1 月初版。

《香港大學所藏木魚書敘錄與研究》 梁培熾撰，香港：香港大
　　學亞洲研究中心，1978 年。

《說俗文學》 曾永義撰，臺北：聯經出版事業公司，1980 年 4
　　月初版。

《民間文學概論》 鍾敬文編，上海：文藝出版社，1980 年 7 月
　　一版。

《中國民間傳說論集》 王秋桂編，臺北：聯經出版事業公司，
　　1980 年 8 月初版。

《京劇劇目初探》 中國戲劇研究所主編，北京：中國戲劇出版
　　社，1980 年 12 月。

《梁祝故事說唱集》 臺北：明文書局，1981 年 12 月初版。

《愛情傳說故事選》 祁連休等編，雲南：人民出版社，1981 年。

《小說見聞錄》 戴不凡撰，臺北：木鐸出版社，1983 年 4 月。

《中國民間故事類型索引》　丁乃通撰，董曉萍、李揚譯，瀋陽：
　　春風文藝出版社，1983 年。

《中國戲曲通史》　張庚、郭漢城撰，臺北：丹青圖書有限公司，
　　1985 年 12 月一版。

《十二更鼓‧十盆牡丹歌》　新竹：竹林書局，1986 年 3 月六版。

《夫妻相好歌》　新竹：竹林書局，1986 年 3 月六版。

《豫劇傳統劇目匯釋》　藝生（執筆）、文燦、李斌撰，鄭州：黃
　　河文藝出版社，1986 年 7 月一版。

《中國民間故事類型索引》　丁乃通撰，鄭建成、李倞、白丁譯，
　　北京：中國民間文藝出版社，1986 年。

《英臺回家想思新歌》　新竹：竹林書局，1987 年 2 月。

《三伯相思討藥方歌》　新竹：竹林書局，1987 年 2 月一版。

《少年男女挽茶相褒歌》　新竹：竹林書局，1987 年 2 月一版。

《二十四孝歌》　新竹：竹林書局，1987 年 2 月一版。

《新桃花過渡歌》　新竹：竹林書局，1987 年 2 月一版。

《夫妻不好歌》　新竹：竹林書局，1987 年 5 月八版。

《百花相褒歌》　新竹：竹林書局，1987 年 5 月八版。

《臺灣電影史》　呂訴上撰，《臺灣電影戲劇史》，臺北：中國民
　　俗協會複印，1987 年。

《臺灣歌仔戲的發展與變遷》　曾永義撰，臺北：聯經出版事業
　　公司，1988 年 5 月初版。

《海棠山歌對》　新竹：竹林書局，1989 年 6 月九版。

《十想單身　勸解後生歌》　新竹：竹林書局，1989 年 6 月九版。

《耿村民間文學論稿》　袁學駿撰，北京：中國民間文藝出版社，

1989 年 9 月一版。

《耿村民間文學論稿》 袁學駿撰，北京：中國民間文藝出版社，
1989 年 9 月一版。

《伍家溝村民間故事集》 李征康錄音整理，韓致中主編，北京：
中國民間文藝出版社，1989 年 10 月一版。

《問路相褒歌》 新竹：竹林書局，1990 年 8 月九版。

《送郎十里亭歌》 新竹：竹林書局，1990 年 8 月九版。

《自新改毒歌》 新竹：竹林書局，1990 年 8 月九版。

《無錫傳說》 無錫市文學藝術界聯會編，臺北：淑馨出版社，
1990 年 9 月。

《中國神話故事集》 （俄）李福清著、（中）馬昌儀編，臺北：
臺灣學生書局，1991 年 3 月初版。

《中國四大傳說》 賀學君撰，雲龍出版社，1991 年一版。

《閩臺藝術散論》 羅時芳撰，廈門：鷺江出版社，1991 年。

《明刊閩南戲曲絃管選本三種》 龍彼得編，臺北：南天書局，
1992 年 5 月。

《中國四大傳說新論》 譚達先撰，臺北：貫雅文化事業有限公
司 ，1993 年 6 月。

《海外孤本晚明戲劇選集三種》 （俄）李福清、（中）李平編，上
海：上海古籍出版社，1993 年 6 月一版。

《唐五代志怪傳奇敍錄》 李劍國撰，天津：南開大學出版社，
1993 年 12 月。

《七世夫妻》 本局編輯部，文國書局，1994 年 5 月。

《臺語片時代》 薛惠玲、吳俊輝整理，臺北：國家電影資料館，

1994 年。

《閩南說唱歌仔(唸歌)資料彙編》第七冊　曾子良編，新竹：竹林書局，1995 年 4 月。

《木魚書目錄》　金文京、稻葉明子、渡邊浩司編，東京都：好文出版，1995 年 7 月 3 日。

《歌仔戲劇整理計畫報告書》　曾永義主持，行政院文化建設委員會，1995 年 12 月。

《百年坎坷歌仔戲》　陳耕、曾學文撰，臺北：幼獅文化事業股份有限公司，1995 年初版。

《中國地方戲曲叢談》　王秋桂主編，新竹：國立清華大學人文社會學院思想文化史研究室，1995 年 5 月。

《祝英臺與梁山伯》　吳育珊改寫，臺中：三久出版社，1996 年 2 月 29 日。

《蔡添登彈唱七字歌仔紀念專輯》　蔡添登彈唱，涂順從採錄整理，臺南：臺南縣立文化中心，1996 年 7 月。

《中國寶卷研究論集》　車錫倫撰，臺北：學海出版社，1997 年 5 月初版。

《歌仔戲四大齣之一－－山伯英臺》　鄭英珠執行編輯，宜蘭：宜縣文化中心，1997 年 7 月。

《本地歌仔山伯英臺》　陳旺欉口述，宜蘭：宜蘭縣文化中心，1997 年 7 月。

《臺灣電影、社會與歷史》　李天鐸撰，臺北：亞太圖書，1997 年 10 月。

《歌仔戲史》　陳耕、曾學文、顏梓和撰，北京：光明日報，1997

年。

《中國寶卷總目》 車錫倫編撰，臺北：中央研究院中國文哲研究所籌備處，1998 年 6 月初版。

《歌仔調之美》 張炫文撰，臺北：漢光文化事業股份有限公司，1998 年 7 月。

《梁祝戀》 何文傑撰，大連：大連出版社，1998 年 12 月。

《蘇州彈詞大觀》(修訂本) 編輯委員會編，上海：學林出版社，1999 年 1 月二版。

《中國民間故事類型》 （德）艾伯華撰，王燕生、周祖生譯，北京：商務印書館，1999 年 2 月一版。

《臺灣歌仔戲》 楊馥菱撰，臺北：漢光文化事業股份有限公司，1999 年 6 月 30 日。

《耿村民間文化大觀》上中下 袁學駿、李保祥主編，北京：北京圖書館出版社，1999 年 8 月。

《影視審美學》 王世德撰，北京：北京廣播學院出版社，1999 年 9 月一版。

《浙江戲曲史話》 吳光主編，寧波：寧波出版社，1999 年 12 月一版。

《梁祝文化大觀·故事歌謠卷》 周靜書主編，北京：中華書局，1999 年 12 月一版。

《梁祝文化大觀·曲藝小說卷》 周靜書主編，北京：中華書局，1999 年 12 月一版。

《中國民間故事集成類型索引(一)》 金榮華撰，臺北：中國口傳文學學會，2000 年 1 月。

《梁祝文化大觀·戲劇影視卷》　周靜書主編，北京：中華書局，
　　2000 年 6 月。

《梁祝文化大觀·學術論文卷》　周靜書主編，北京：中華書局，
　　2000 年 10 月一版。

《日治時期中國戲班在臺灣》　徐亞湘撰，臺北：南天書局，2000
　　年。

《通俗文化理論導論》　多米尼克·斯特里納蒂撰，閻嘉譯，北
　　京：商務印書館，2001 年 4 月一版。

《大眾電影研究》　Joanne Hollows & Mark Jancovich 撰，張雅萍
　　譯，臺北：遠流出版社，2001 年 6 月 15 日初版。

《消逝的影像－－臺語片的電影再現與文化認同》　廖金鳳撰，
　　臺北：遠流出版社，2001 年 6 月 15 日初版。

《傳統戲劇輯錄·歌仔戲卷·拱樂社劇本》　張嘉容等編，臺北：
　　國立傳統藝術中心籌備處，2001 年 6 月。

《梁祝的傳說》　周靜書編，北京：中華書局 2001 年 10 月。

《垃圾文化－－通俗文化與偉大傳統》　理查德·凱勒·西蒙著，
　　關山譯，北京：社會科學文獻出版社，2001 年 11 月一版。

《戲曲選粹》　曾永義、王安祈、李惠綿、蔡欣欣選注，臺北：
　　國家出版社，2002 年 3 月初版。

《中國民間故事集成類型索引(二)》　金榮華撰，臺北：中國口
　　傳文學學會，2002 年 3 月。

《戲曲經眼錄》　曾永義撰，臺北：中華民俗藝術基金會，2002
　　年 9 月 1 日。

《大眾文藝學》　劉曄原撰，北京：北京廣播學院出版社，2002

年 1 月一版。

《電影與方法：符號學文選》 麥茨等撰，李幼蒸譯，北京：三
　　聯書店，2002 年 7 月一版。

《大眾傳媒與大眾文化》 潘知常、林瑋撰，上海：上海人民出
　　版社，2002 年 7 月一版。

《梁山伯與祝英臺》 顧志坤撰，杭州：華寶街書杜，2002 年 10
　　月。

《臺灣歌仔戲史》 楊馥菱撰，臺中：晨星出版，2002 年初版。

《2002 兩岸戲曲大展學術研討會論文集》 臺北：國立傳統藝術
　　中心，2003 年 1 月 1 日。

《百年歌仔－－2001 年海峽兩岸歌仔戲發展交流研討會論文集》
　　臺北：國立傳統藝術中心，2003 年 2 月。

《中國民間故事與故事分類》 金榮華撰，臺北：中國口傳文學
　　學會，2003 年 3 月。

《梁祝・李馮小說集》 李馮撰，臺北：情報文化科技股份有限
　　公司，2003 年 3 月 20 日。

《消費文化讀本》 羅綱、王中忱撰，北京：中國社會科學出版
　　社，2003 年 6 月一版。

《文學・歷史・戲劇》 魏子雲撰，臺北：萬卷樓，2003 年 7 月
　　初版。

《文化理論與通俗文化導論》 約翰・史都瑞撰，李根芳、周素
　　鳳譯，臺北：巨流出版社，2003 年 8 月初版。

《閩臺民間戲曲的傳承與變遷》 陳耕撰，福建：福建人民出版
　　社，2003 年 9 月。

《宜興梁祝文化－－史料與傳說》　宜興市政協學習和文史委員會／宜興市華夏梁祝文化研究會主編，北京：方志出版社，2003 年 10 月一版。

《閩臺閩南語民歌研究》　藍雪霏撰，福州：福建人民出版社，2003 年 10 月一版。

《梁山伯與祝英臺－－蝴蝶夢》　高永、冠良漫畫，哈卡編劇，時報文化出版公司，2003 年 12 月 15 日初版。

《臺灣客家說唱文學「傳仔」研究》　邱春美撰，臺北：文津出版社，2003 年 12 月。

《梁山伯祝英臺》　陳峻菁撰，臺北：實學社，2003 年初版。

《論通俗文化－－美國電視劇類型分析》　苗棣、趙長軍撰，北京：北京廣播學院出版社，2004 年 1 月一版。

《文化理論的面貌》　Philip Smith 撰，林宗德譯，臺北：韋伯文化國際出版有限公司，2004 年 1 月。

《孔孟之鄉梁祝故事》　樊存常編撰，北京：文物出版社，2004 年 9 月一版。

《宜興梁祝文化－－論文集》　宜興市政協學習和文史委員會／宜興市華夏梁祝文化研究會主編，北京：方志出版社，2004 年 11 月一版。

《中國古代文學研究高層論壇論文集》　西北大學文學院編，北京：中華書局，2004 年 11 月。

《東方的羅密歐與朱麗葉－－梁祝口頭文化遺產空間》　陳勤建主編，哈爾濱：黑龍江人民出版社，2005 年 4 月一版。

《永遠的祝英台－－紀實俞麗拿》　趙麗宏、王遠遠撰，上海：

上海音樂學院出版社，2005 年 4 月一版。

《臺灣民間文學》 王甲輝、過偉主編，上海：上海文藝出版社，2005 年 5 月一版。

《從游士到儒士－－漢唐士風與文風論稿》 查屏球撰，上海：復旦大學出版社，2005 年 5 月一版。

《梁祝故事源於孔孟故里》 樊存常主編，北京：文物出版社，2005 年 8 月一版。

《魂縈蝴蝶情》 林江雲撰，北京：光明日報出版社，2005 年 8 月。

《梁山伯沒死……之後》 吳淑姿撰，臺北：秀威資訊科技股份有限公司，2005 年 11 月 BOD 一版。

《名家談梁山伯與祝英臺》 錢南揚等撰，陶瑋選編，北京：文化藝術出版社，2006 年 1 月。

《民間故事類型索引》上中下 金榮華撰，臺北：中國口傳文學學會，2007 年 2 月。

《梁山伯祝英台》 上海：振寰小說社。

《最新繪圖梁山伯祝英台夫婦攻書還魂團欒（圓）記》上下二卷，石印本，上海：椿蔭書莊，中央研究院歷史語言研究所傅斯年圖書館藏本 AGS5-078。

《後梁山伯還魂團圓記》 石印本，上海：美術書局，中央研究院歷史語言研究所傅斯年圖書館藏本 AGS5-078。

《新編梁山伯十二月春調》，《新編時調大王》二集，石印本，上海：益民書局，中央研究院歷史語言研究所傅斯年圖書館藏本 ATC13-176。

《梁山伯》　木刻本，蘇州：恆志書社，中央研究院歷史語言研究所傅斯年圖書館藏本 ASC1-015。

《三十六蟲名》，石印本，中央研究院歷史語言研究所傅斯年圖書館藏本 ATC10-164

《梁山伯送友》，木刻本，中央研究院歷史語言研究所傅斯年圖書館藏本 AKUI20-374。

《新刻梁山伯祝英台夜思五更》，中央研究院歷史語言研究所傅斯年圖書館藏本 ATC4-064。

《祝英台歌》，抄本，中央研究院歷史語言研究所傅斯年圖書館藏本 Asg5-098。

《祝英台》，抄本，中央研究院歷史語言研究所傅斯年圖書館藏本 Asg1-001。

〈梁山伯〉，《梁山伯下山，今年新編，改良時調》，中央研究院歷史語言研究所傅斯年圖書館藏本 ATC20-254。

《英台思兄》　滿江紅，蘇州振文齋木刻本，中央研究院歷史語言研究所傅斯年圖書館藏本 ATd2-022。

《祝英台上學》　木刻本，中央研究院歷史語言研究所傅斯年圖書館藏 AKUI20-374。

《新編梁山伯十二月春調》，石印本，中央研究院歷史語言研究所傅斯年圖書館藏本 ATC10-162。

《新編梁山伯十二月春調》，《新編時調大觀》，中央研究院歷史語言研究所傅斯年圖書館藏本 ATC17-211。

《梁山伯唱春調》，《小曲精華》，石印本，中央研究院歷史語言研究所傅斯年圖書館藏本 ATC13-172。

《小曲柳陰記哭五更》　雲南木刻本，中央研究院歷史語言研究
　　所傅斯年圖書館藏本 AW1-020。

《梁山伯與祝英臺的傳說》　徐賢柱撰（安徽省六安市舒城縣），
　　中國安徽（六安市）梁祝文化研究會供稿。

叢書

（以叢書筆畫排列）

《中山大學民俗叢書》冊九　婁子匡、阮昌銳編校，福祿圖書公
　　司出版，1928 年出版，1968 年 10 月復刊。

《中山大學民俗叢書》冊七　婁子匡編，臺北：東方文化供應社，
　　1970 年。

《中國民間故事全集・漢族民間故事・江蘇民間故事集》　陳慶
　　浩、王秋桂主編，臺北：遠流出版事業股份有限公司，1989
　　年 6 月初版。

《中國民間故事集成・上海卷・靜安區故事分卷》　靜安區民間
　　文學集成編委會編，上海：靜安區民間文學集成編委會，1988
　　年 9 月。

《中國民間故事集成・吉林卷》　中國民間文學集成全國編輯委
　　員會編，北京：中國 ISBN 中心，1992 年 11 月。

《中國民間故事集成・遼寧卷》　中國民間文學集成全國編輯委
　　員會編，北京：中國 ISBN 中心，1994 年 9 月。

《中國民間故事集成・浙江卷》　中國民間文學集成全國編輯委
　　員會編，北京：中國 ISBN 中心，1997 年 9 月。

《中國民間故事集成・江蘇卷》　中國民間文學集成全國編輯委員會編，北京：中國 ISBN 中心，1998 年 12 月。

《中國民間故事集成・福建卷》　中國民間文學集成全國編輯委員會編，北京：中國 ISBN 中心，1998 年 12 月。

《中國民間故事集成・廣西卷》　中國民間文學集成全國編輯委員會編，北京：中國 ISBN 中心，2001 年 12 月。

《中國民族民間器樂曲集成・寧夏卷》　中國中國民族民間器樂曲集成全國編輯委員會編，北京：中國 ISBN 中心，1995 年 12 月。

《中國地方歌謠集成・臺灣省・情歌（三）》17 冊　舒蘭編著，臺北：渤海堂文化公司，1989 年 7 月。

《中國地方歌謠集成・雲南省・情歌（三）》30 冊　舒蘭編著，臺北：渤海堂文化公司，1989 年 7 月。

《中國地方歌謠集成・廣東省・民歌》32 冊　舒蘭編著，臺北：渤海堂，1989 年 7 月。

《中國地方歌謠集成・廣東省・情歌（一）》33 冊　舒蘭編著，臺北：渤海堂，1989 年 7 月。

《中國曲藝志・湖南卷》　中國曲藝志全國編輯委員會編，北京：中國 ISBN 中心，1992 年 10 月。

《中國曲藝志・河北卷》　中國戲曲志全國編輯委員會編，北京：中國 ISBN 中心，1993 年 1 月。

《中國曲藝志・青海卷》　中國曲藝志編輯委員會編，北京：中國 ISBN 中心，1994 年 4 月。

《中國曲藝志・河南卷》　中國曲藝志全國編輯委員會編，北京：

中國 ISBN 中心，1995 年 12 月。

《中國曲藝志・江蘇卷》 中國曲藝志全國編輯委員會編，北京：
　　中國 ISBN 中心，1996 年 12 月。

《中國曲藝志・江西卷》 中國曲藝志江西卷編輯委員會編，北
　　京：中國 ISBN 中心，1998 年 10 月。

《中國曲藝志・北京卷》 中國曲藝志全國編輯委員會編，北京：
　　中國 ISBN 中心，1999 年 9 月。

《中國曲藝志・湖北卷》 中國曲藝志全國編輯委員會編，北京：
　　中國 ISBN 中心，2000 年 8 月。

《中國曲藝志・遼寧卷》 中國曲藝志全國編輯委員會編，北京：
　　中國 ISBN 中心，2000 年 9 月。

《中國曲藝志・山東卷》 中國曲藝志全國編輯委員會編，北京：
　　中國 ISBN 中心，2002 年 8 月。

《中國曲藝音樂集成・湖北卷》 中國曲藝音樂集成全國編輯委
　　員會編，北京：中國 ISBN 中心，1992 年 11 月。

《中國曲藝音樂集成・四川卷》 中國曲藝音樂集成全國編輯委
　　員會編，北京：中國 ISBN 中心，1994 年 5 月。

《中國曲藝音樂集成・陝西卷》 中國曲藝音樂集成全國編輯委
　　員會編，北京：中國 ISBN 中心，1995 年 11 月。

《中國曲藝音樂集成・河南卷》 中國曲藝音樂集成全國編輯委
　　員會編，北京：中國 ISBN 中心，1996 年 10 月。

《中國曲藝音樂集成・寧夏卷》 中國曲藝音樂集成全國編輯委
　　員會編，北京：中國 ISBN 中心，1996 年 11 月。

《中國曲藝音樂集成・江蘇卷》 中國曲藝音樂集成全國編輯委

員會編，北京：中國 ISBN 中心，1996 年 11 月。

《中國曲藝音樂集成·北京卷》　中國曲藝音樂集成全國編輯委員會編，北京：中國 ISBN 中心，1996 年 12 月。

《中國曲藝音樂集成·上海卷》　中國曲藝音樂集成全國編輯委員會編，北京：中國 ISBN 中心，1997 年 9 月。

《中國曲藝音樂集成·山東卷》　中國曲藝音樂集成全國編輯委員會編，北京：中國 ISBN 中心，1998 年 12 月。

《中國曲藝音樂集成·甘肅卷》　中國曲藝音樂集成全國編輯委員會編，北京：中國 ISBN 中心，1998 年 12 月。

《中國曲藝音樂集成·吉林卷》　中國曲藝音樂集成全國編輯委員會編，北京：中國 ISBN 中心，2000 年 3 月。

《中國曲藝音樂集成·湖南卷》　中國曲藝音樂集成全國編輯委員會編，北京：中國 ISBN 中心，2001 年 2 月。

《中國曲藝音樂集成·福建卷》　中國曲藝音樂集成全國編輯委員會編，北京：中國 ISBN 中心，2001 年 10 月。

《中國曲藝音樂集成·黑龍江卷》　中國曲藝音樂集成全國編輯委員會編，北京：中國 ISBN 中心，2002 年 2 月。

《中國曲藝音樂集成·遼寧卷》　中國曲藝音樂集成全國編輯委員會編，北京：中國 ISBN 中心，2002 年 7 月。

《中國地方戲曲集成·廣東卷》　中國戲劇家協會主編，北京：中國戲劇出版社，1962 年 2 月初版。

《中國歌謠集成·浙江卷》　中國民間文學集成全國編輯委員會編，北京：中國 ISBN 中心，1995 年 12 月。

《中國歌謠集成·江蘇卷》　中國民間文學集成全國編輯委員會

編，北京：中國 ISBN 中心，1998 年 7 月。

《中國戲曲志‧湖南卷》　中國戲曲志全國編輯委員會編，北京：
　　中國 ISBN 中心，1990 年 5 月。

《中國戲曲志‧河南卷》　中國戲曲志全國編輯委員會編，北京：
　　中國 ISBN 中心，1992 年 12 月。

《中國戲曲志‧江蘇卷》　中國戲曲志全國編輯委員會編，北京：
　　中國 ISBN 中心，1992 年 12 月。

《中國戲曲志‧湖北卷》　中國戲曲志全國編輯委員會編，北京：
　　中國 ISBN 中心，1993 年 1 月。

《中國戲曲志‧河北卷》　中國戲曲志全國編輯委員會編，北京：
　　中國 ISBN 中心，1993 年 11 月。

《中國戲曲志‧安徽卷》　中國戲曲志全國編輯委員會編，北京：
　　中國 ISBN 中心，1993 年 11 月。

《中國戲曲志‧廣東卷》　中國戲曲志全國編輯委員會編，北京：
　　中國 ISBN 中心，1993 年 11 月。

《中國戲曲志‧福建卷》　中國戲曲志全國編輯委員會編，北京：
　　中國 ISBN 中心，1993 年 12 月。

《中國戲曲志‧遼寧卷》　中國戲曲志全國編輯委員會編，北京：
　　中國 ISBN 中心，1994 年 4 月。

《中國戲曲志‧黑龍江卷》　中國戲曲志全國編輯委員會編，北
　　京：中國 ISBN 中心，1994 年 8 月。

《中國戲曲志‧山東卷》　中國戲曲志全國編輯委員會編，北京：
　　中國 ISBN 中心，1994 年 10 月。

《中國戲曲志‧內蒙古卷》　中國戲曲志全國編輯委員會編，北

京：中國 ISBN 中心，1994 年 11 月。

《中國戲曲志‧廣西卷》 中國戲曲志全國編輯委員會編，北京：
中國 ISBN 中心，1995 年 2 月。

《中國戲曲志‧新疆卷》 中國戲曲志全國編輯委員會編，北京：
中國 ISBN 中心，1995 年 9 月。

《中國戲曲志‧四川卷》 中國戲曲志全國編輯委員會編，北京：
中國 ISBN 中心，1995 年 10 月。

《中國戲曲志‧寧夏卷》 中國戲曲志全國編輯委員會編，北京：
中國 ISBN 中心，1996 年 10 月。

《中國戲曲志‧上海卷》 中國戲曲志全國編輯委員會編，北京：
中國 ISBN 中心，1996 年 12 月。

《中國戲曲志‧浙江卷》 中國戲曲志全國編輯委員會編，北京：
中國 ISBN 中心，1997 年 12 月。

《中國戲曲志‧青海卷》 中國戲曲志全國編輯委員會編，北京：
中國 ISBN 中心，1998 年 7 月。

《中國戲曲志‧江西卷》 中國戲曲志全國編輯委員會編，北京：
中國 ISBN 中心，1998 年 10 月。

《中國戲曲志‧貴州卷》 中國戲曲志全國編輯委員會編，北京：
中國 ISBN 中心，1999 年 9 月。

《中國戲曲志‧北京卷》 中國戲曲志全國編輯委員會編，北京：
中國 ISBN 中心，1999 年 9 月。

《中國戲曲音樂集成‧北京》 中國曲藝音樂集成全國編輯委員
會編，北京：中國 ISBN 中心，1992 年 7 月。

《中國戲曲音樂集成‧江蘇卷》 中國戲曲音樂集成全國編輯委

員會編，北京：中國 ISBN 中心，1992 年 10 出版。

《中國戲曲音樂集成‧湖南卷》　中國曲藝音樂集成全國編輯委
　　員會編，北京：中國 ISBN 中心，1992 年 10 月。

《中國戲曲音樂集成‧河南卷》　中國曲藝音樂集成全國編輯委
　　員會編，北京：中國 ISBN 中心，1993 年 7 月。

《中國戲曲音樂集成‧安徽卷》　中國戲曲音樂集成全國編輯委
　　員會編，北京：中國 ISBN 中心，1994 年 5 月。

《中國戲曲音樂集成‧黑龍江卷》　中國曲藝音樂集成全國編輯
　　委員會編，北京：中國 ISBN 中心，1994 年 9 月。

《中國戲曲音樂集成‧山東卷》　中國曲藝音樂集成全國編輯委
　　員會編，北京：中國 ISBN 中心，1996 年 6 月。

《中國戲曲音樂集成‧廣東卷》　中國曲藝音樂集成全國編輯委
　　員會編，北京：中國 ISBN 中心，1996 年 11 月。

《中國戲曲音樂集成‧山西卷》　中國戲曲音樂集成全國編輯委
　　員會編，北京：中國 ISBN 中心，1997 年 5 月。

《中國戲曲音樂集成‧四川卷》　中國戲曲音樂集成全國編輯委
　　員會編，北京：中國 ISBN 中心，1997 年 12 月。

《中國戲曲音樂集成‧湖北卷》　中國戲曲音樂集成全國編輯委
　　員會編，北京：中國 ISBN 中心，1998 年 3 月。

《中國戲曲音樂集成‧蒙古卷》　中國戲曲音樂集成全國編輯委
　　員會編，北京：中國 ISBN 中心，1998 年 6 月。

《中國戲曲音樂集成‧內蒙古卷》　中國戲曲音樂集成全國編輯
　　委員會編，北京：中國 ISBN 中心，1998 年 6 月。

《中國戲曲音樂集成‧河北卷》　中國戲曲音樂集成全國編輯委

員會編，北京：中國 ISBN 中心，1998 年 12 月。

《中國戲曲音樂集成·吉林卷》　中國戲曲音樂集成全國編輯委
　　員會編，北京：中國 ISBN 中心，1999 年 6 月。

《中國戲曲音樂集成·江西卷》　中國戲曲音樂集成全國編輯委
　　員會編，北京：中國 ISBN 中心，1999 年 12 月。

《中國戲曲音樂集成·上海卷》　中國戲曲音樂集成全國編輯委
　　員會編，北京：中國 ISBN 中心，2001 年 9 月。

《中國戲曲音樂集成·浙江卷》　中國戲曲音樂集成全國編輯委
　　員會編，北京：中國 ISBN 中心，2001 年 8 月。

《中華戲曲·第三輯》　中國戲曲協會 / 山西師範大學戲曲文物
　　研究所編，山西人民出版社，1987 年。

《中華民族故事大系·漢族》第一卷　中華民族故事大系編委會
　　編，上海文藝出版社，1995 年 12 月。

《中華民族故事大系·壯族》第三卷　中華民族故事大系編委會
　　編，上海文藝出版社，1995 年 12 月。

《中華民族故事大系·布依族》第三卷　中華民族故事大系編委
　　會編，上海文藝出版社，1995 年 12 月。

《石岡鄉閩南語故事集》(二)　胡萬川總編輯，臺中縣立文化中
　　心，1993 年。

《浙江文化史話叢書之四·浙江戲曲史話》　吳光主編，寧波：
　　寧波出版社，1999 年 12 月一版。

〈訪友〉　《俗文學叢刊》41 冊　中央研究院歷史語言研究所 /
　　新文豐出版公司合作出版，2001 年 10 月初版。

〈山伯訪友〉　《俗文學叢刊》97 冊，中央研究院歷史語言研究

所／新文豐出版公司合作出版，2001 年 10 月初版。

〈新送友〉　　《俗文學叢刊》97 冊，中央研究院歷史語言研究所
　　／新文豐出版公司合作出版，2001 年 10 月初版。

《山伯送行》　　《俗文學叢刊》102 冊，中央研究院歷史語言研究
　　所／新文豐出版公司合作出版 2002 年 5 月初版。

《柳陰記全本》　　《俗文學叢刊》102 冊，中央研究院歷史語言研
　　究所／新文豐出版公司合作出版，2002 年 5 月初版。

《新刊淮戲大王路鳳鳴觀花梁山伯》五集　　《俗文學叢刊》114 冊，
　　中央研究院歷史語言研究所／新文豐出版公司合作出版，
　　2002 年 5 月初版。

《繪圖梁三伯會友》　　《俗文學叢刊》121 冊，中央研究院歷史語
　　言研究所／新文豐出版公司合作出版，2002 年 5 月初版。

《裙邊蝶》　　《俗文學叢刊》128 冊，中央研究院歷史語言研究所
　　／新文豐出版公司合作出版，2002 年 5 月初版。

〈裙邊蝶上卷之規勸〉　　《千里駒》,《俗文學叢刊》159 冊，中央
　　研究院歷史語言研究所／新文豐出版公司合作出版，2002 年
　　5 月初版。

〈裙邊蝶上卷之表白〉　　《千里駒》,《俗文學叢刊》159 冊，中央
　　研究院歷史語言研究所／新文豐出版公司合作出版，2002 年
　　5 月初版。

〈裙邊蝶上卷之分別〉　　《千里駒》,《俗文學叢刊》159 冊，中央
　　研究院歷史語言研究所／新文豐出版公司合作出版，2002 年
　　5 月初版。

〈裙邊蝶下卷之幽怨〉　　《千里駒》,《俗文學叢刊》159 冊，中央

研究院歷史語言研究所／新文豐出版公司合作出版，2002 年
5 月初版。

〈裙邊蝶下卷祭梁山伯〉　《千里駒》，《俗文學叢刊》159 冊，中
央研究院歷史語言研究所／新文豐出版公司合作出版，2002
年 5 月初版。

〈裙邊蝶下卷之祭墳〉　《千里駒》，《俗文學叢刊》159 冊，中央
研究院歷史語言研究所／新文豐出版公司合作出版，2002 年
5 月初版。

〈祝英臺之訴情敬酒〉　《名曲大全》，《俗文學叢刊》160 冊，中
央研究院歷史語言研究所／新文豐出版公司合作出版，2002
年 5 月初版。

〈英臺祭奠〉　《明星曲集》，《俗文學叢刊》164 冊，中央研究院
歷史語言研究所／新文豐出版公司合作出版，2002 年 5 月初
版。

〈梁婆問親〉　《俗文學叢刊》165 冊，中央研究院歷史語言研究
所／新文豐出版公司合作出版，2002 年 5 月初版。

《梁山伯與祝英臺》三集　范少山、沈媛媛新編，《俗文學叢刊》
275 冊，中央研究院歷史語言研究所／新文豐出版公司合作出
版，2003 年 6 月。

《梁山伯寶卷》　《俗文學叢刊》351 冊，中央研究院歷史語言研
究所／新文豐出版公司合作出版，2004 年 5 月初版。

《山伯寄書》　《俗文學叢刊》362 冊，中央研究院歷史語言研究
所／新文豐出版公司合作出版，2004 年 10 月初版。

《增廣梁山伯祝英臺新歌全傳》　《俗文學叢刊》362 冊，中央研

究院歷史語言研究所／新文豐出版公司合作出版，2004 年 10 月初版。

《英臺留學·吊紙歌》〈特別改良最新增廣英臺留學歌〉（上冊），《俗文學叢刊》362 冊，中央研究院歷史語言研究所／新文豐出版公司合作出版，2004 年 10 月初版。

《英臺留學·吊紙歌》（1909）〈最新改良英臺吊紙歌〉（下冊），《俗文學叢刊》362 冊，中央研究院歷史語言研究所／新文豐出版公司合作出版，2004 年 10 月初版。

《繪圖安人哭子馬俊娶親合歌》《俗文學叢刊》362 冊，中央研究院歷史語言研究所，新文豐出版公司合作出版，2004 年 10 月初版。

《最新英臺廿四拜歌》《俗文學叢刊》362 冊，中央研究院歷史語言研究所／新文豐出版公司合作出版，2004 年 10 月初版。

《英臺埋葬歌》《英臺送哥·埋喪和歌》，《俗文學叢刊》362 冊，中央研究院歷史語言研究所／新文豐出版公司合作出版，2004 年 10 月初版。

《英臺送哥·埋喪和歌》《俗文學叢刊》362 冊，中央研究院歷史語言研究所／新文豐出版公司合作出版，2004 年 10 月初版。

《特編英臺三伯遊西湖賞百花新歌》（上）《俗文學叢刊》362 冊，中央研究院歷史語言研究所／新文豐出版公司合作出版，2004 年 10 月初版。

《特編英臺三伯遊西湖賞百花新歌》（中）《俗文學叢刊》362 冊，中央研究院歷史語言研究所／新文豐出版公司合作出版，2004 年 10 月初版。

《特編英臺三伯遊西湖賞百花新歌》(下) 《俗文學叢刊》362 冊，中央研究院歷史語言研究所／新文豐出版公司合作出版，2004 年 10 月初版。

《特編三伯觀密書新歌》 《俗文學叢刊》362 冊，中央研究院歷史語言研究所／新文豐出版公司合作出版，2004 年 10 月初版。

《仙伯英臺歌》二至四集 《俗文學叢刊》366 冊，中央研究院歷史語言研究所／新文豐出版公司合作出版，2004 年 10 月初版。

《雙蝴蝶》二集 《俗文學叢刊》367 冊，中央研究院歷史語言研究所／新文豐出版公司合作出版，2004 年 10 月初版。

《祝梁緣》(《梧桐判》、《祝梁緣》合刊本) 《俗文學叢刊》383 冊，中央研究院歷史語言研究所／新文豐出版公司合作出版，2004 年 10 月初版。

《清車王府藏曲本》14 冊 首都圖書館編輯，北京：學苑出版社，2001 年 12 月一版。

《梁祝故事研究》 周青樺撰，《國立北京大學中國民俗學會民俗叢書》154，婁子匡編校，臺北：東方文化書局，1976 年。

《雲林縣閩南語故事集》(三) 胡萬川、陳益源總編輯，雲林縣文化局，2001 年。

《華東地方戲曲叢刊》第一集 華東戲曲研究院編輯，上海：新文藝出版社，1954 年 10 月。

《善本戲曲叢刊》第一輯 3 王秋桂編，臺北：臺灣學生書局，1984 年 7 月初版。

《善本戲曲叢刊》第一輯 7 王秋桂編，臺北：臺灣學生書局，1984 年 7 月初版。

《善本戲曲叢刊》第一輯 8　王秋桂編，臺北：臺灣學生書局，1984年 7 月初版。

《善本戲曲叢刊》第一輯 9　王秋桂編，臺北：臺灣書局，1984年初版。

《善本戲曲叢刊》第四輯 1　王秋桂編，臺北：臺灣學生書局，1987年 11 月初版。

《善本戲曲叢刊》第四輯 42　王秋桂編，臺北：臺灣學生書局，1987 年初版。

《黃梅戲傳統劇目匯編》第五集　安徽安慶市黃梅劇院，1991 年10 月。

《古人傳奇總目》　《歷代詩史長編二輯》第六冊，臺北：中國學典館復館籌備處，1964 年 2 月初版。

《曲品》　《歷代詩史長編二輯》第六冊，臺北：中國學典館復館籌備處，1964 年 2 月初版。

《遠山堂曲品》　《歷代詩史長編二輯》第六冊，臺北：中國學典館復館籌備處出版，1964 年 2 月初版。

《傳奇彙考標目》　《歷代詩史長編二輯》第七冊，臺北：中國學典館復館籌備處，1964 年 2 月初版。

《寶卷初集》34 冊　張希舜等主編，山西人民出版社，1994 年 10月。

《寶卷初集》37 冊　張希舜等主編，山西人民出版社，1994 年 10月。

英文專書

（按出版年代排列）

Thompson, Stith *The Types of the Folktale*, Helsinki, Academia Scientiarum Fennica, 1973.

Thompson, Stith *Motif-Index of Folk-Literature*, Bloomington, Indiana University Press, 1975, 6 Volumes.

Ting, Nai-Tung *A Type Index of Chinese Folktale*, Helsinki, Academia Scientiarum Fennica, 1978.

博碩士論文

（按出版年代排列）

《寶卷之研究》　曾子良撰，臺北：政治大學中國文學研究所碩士論文　1975 年 5 月。

《韓憑故事研究》　陳麗卿撰，臺北：中國文化大學中國文學研究所碩士論文，1987 年元月。

《梁祝故事及其文學研究》　林美清撰，臺北：臺灣大學中國文學研究所碩士論文，1982 年 6 月。

《宣講及其唱本研究》　陳兆南撰，臺北：中國文化大學中國文學研究所博士論文，1992 年 6 月。

《中、韓梁祝故事之演變與比較研究》　金秀炫撰，臺北：中國文化大學中國文學研究所碩士論文，1993 年 12 月。

《宜蘭本地歌仔之研究》　林素春撰，臺北：中國文化大學藝術研究所戲劇組碩士論文，1994 年 6 月。

《歌仔戲電影研究》 施如芳撰，臺北：國立藝術學院傳統藝術
研究所碩士論文，1997 年 12 月。

《中央研究院所藏石印本福州評話研究》 陳冠蓉撰，臺北：政
治大學中國文學研究所碩士論文，1998 年 6 月。

《歌仔戲中的女性形象及其所反映的臺灣社會－－以本地歌仔
《山伯英臺》《呂蒙正》為例》 林春菊撰，臺北：中興大學
中國文學研究所，1998 年。

《寶卷故事之研究》 曾友志撰，臺北：中國文化大學中國文學
研究所碩士論文，1999 年 6 月。

《《梁山伯與祝英臺》小提琴協奏曲之音樂研究》 景雅菁撰，臺
北：國立臺灣師範大學音樂研究所指揮組碩士論文，2000 年
6 月。

《明末清初小說中男女扮裝之性別與文化意義》 蔡祝青撰，嘉
義：南華大學文學研究所碩士論文，2001 年 6 月 30 日。

《李翰祥《梁祝》電影研究－－以女性觀眾凝視角度分析》 呂
蓓蓓撰，臺北：中國文化大學中國文學研究所博士論文，2002
年 1 月。

《臺灣閩南語故事集研究》 李嘉慧撰，臺北：市北師應用言語
文學研究所碩士論文，2002 年 6 月。

《梁祝故事流布之研究－－以臺灣地區歌仔冊與歌仔戲為範圍》
秦毓茹撰，花蓮：花蓮師範學院民間文學研究所碩士論文，
2004 年 6 月。

《標題協奏曲研究－－從九首取樣作品檢視協奏曲與標題音樂的

結合》 楊喻文撰，桃園：國立中央大學藝術學研究所碩士論文，2004 年 6 月。

《臺灣梁祝歌仔冊敘事研究》 林俶伶撰，嘉義：南華大學文學研究所碩士論文，2005 年 6 月 17 日。

期刊論文

（按出版年代排列）

〈關於梁祝故事的通訊〉 郭堅撰，《民俗周刊》108 期，1930 年 4 月，頁 43-44。

〈閩南傳說的梁山伯與祝英臺〉 謝雲聲撰，《民俗周刊》第 38 期，頁 8-13。

〈英臺山伯與南徐一士子之故事〉 周柏芬撰，《民間文藝》第 8 期，頁 19-22。

〈臺灣流行歌的發祥地〉 呂訴上撰，《臺北風物》第 2 卷第 4 期，1954 年 1 月，頁 93-97。

〈梁山伯祝英臺墓碑出土記略〉 鄭亦橋撰，《文物》第 9 期，1957 年，頁 49。

〈五百舊本「歌仔冊」目錄〉 施博爾撰，《臺灣風物》第 15 卷第 4 期，1976 年 11 月，頁 41-60。

〈梁山伯祝英臺史劇考證〉 陳若夢撰，《藝文誌》第 143 期，1977 年 8 月，頁 48。

〈博文齋及其唱本〉 羅時芳撰，《廈門文史資料》第十輯，1986 年，頁 127。

〈光復後的歌仔戲電影〉　蔡秀女撰，《民俗曲藝》第 46 期，1987
　　年 3 月，頁 26-35。

〈說寶卷彈詞（上）〉　李國俊撰，《民俗曲藝》第 50 期，1987 年
　　11 月，頁 15-22。

〈說寶卷彈詞（下）〉　李國俊撰，《民俗曲藝》第 51 期，1988 年
　　1 月，頁 125-131。

〈臺灣閩南語說唱文學－－歌仔的內容及其反映之思想〉　曾子
　　良撰，《民俗曲藝》第 54 期，1988 年 3 月，頁 57-77。

〈「七字調」在臺灣民間歌謠中的地位〉　張炫文撰，《民俗曲藝》
　　第 54 期，1988 年 3 月，頁 78-96。

〈閩台錦歌漫議－－歌仔戲形成三要素〉　劉春曙撰，《民俗曲藝》
　　第 72 期，1988 年 3 月，頁 264-291。

〈從梁祝與七世夫妻談浪漫愛及其他〉　王溢嘉撰，《臺北評論》
　　第 5 期，1988 年 5 月，頁 188-197。

〈試論梁祝故事的原型與俠女說〉　金名撰，《民間文學論壇》第
　　34、35 期，1988 年，頁 90-100。

〈臺灣閩南語說唱音樂－－「唸歌仔」〉　劉慧怡撰，《傳習》第
　　10 期，1992 年 7 月，頁 315-324。

〈談臺閩「歌仔冊」的出版概況〉　王順隆撰，《臺灣風物》第 43
　　卷第 3 期，1993 年 9 月，頁 109-131。

〈牛津大學所藏有關臺灣的七首歌謠〉　張秀蓉撰，《臺灣風物》
　　第 43 卷第 3 期，1993 年 9 月，頁 196-176。

〈臺灣歌冊綜錄〉　陳兆南撰，《逢甲中文學報》第 2 期，1994 年
　　4 月，頁 43-65。

〈精誠不散，那論生死－－從「七世夫妻」論中國民間文學的永
　　生〉　林美清撰，《哲學雜誌》第 8 期，1994 年 4 月，頁 70-81。

〈閩臺「歌仔冊」書目‧曲目〉　王順隆撰，《臺灣文獻》第 45
　　卷第 3 期，1994 年 9 月，頁 171-271。

〈第九十回臺灣研究研討會記錄〉　《臺灣風物》第 43 卷第 4 期，
　　1994 年 12 月，頁 175-191。

〈《梁祝》故事的誤讀和矯正〉　朱大可撰，《上海戲劇》1994 年
　　第 2 期，頁 14-15。

〈古今之「山伯英臺歌」〉　吳樹撰，《臺南文化》第 38 期，1995
　　年 2 月，頁 185-203。。

〈比較《羅密歐與朱麗葉》與《梁祝》的愛情觀〉　張燦輝撰，《二
　　十一世紀》第 30 期，1995 年 8 月，頁 120-129。

〈中國人生命意識的張揚－－簡析“梁祝化蝶”的深層美感心
　　態〉　王梅芳撰，《中州學刊》1995 年第 5 期，頁 82-85。

〈《七世夫妻》試探〉　何慧俐撰，《明道文藝》第 239 期，1996
　　年 2 月，頁 154-158。

〈「歌仔冊」書目補遺〉　王順隆撰，《臺灣文獻》第 47 卷第 1 期，
　　1996 年 3 月，頁 73-100。

〈千古絕唱出中原－－河南省汝南縣梁祝故里考察紀實〉　劉懷
　　廉、張慶靈、劉康健　《中州今古》1996 年 4 月，頁 10-15。

〈「臺灣歌仔」的說唱形式應用〉　周純一撰，《民俗曲藝》第 71
　　期，1996 年 5 月，頁 108-143。

〈從歌仔冊看臺灣早期社會〉　陳健銘撰，《臺灣文獻》第 3 卷第
　　47 期，1996 年 9 月，頁 61-110。

〈各呈風彩相映成輝－－《梁山伯與祝英臺》和《羅密歐與朱麗葉》之比較〉 劉曉蘭撰,《南平師專學報》1996 年第 3 期,頁 26-29。

〈臺灣的電視歌仔戲〉 林茂賢撰,《靜宜人文學報》第 8 期,1996年,頁 33-41。

〈大鼓書形成發展初探〉 刁均寧撰,《民俗曲藝》第 110 期,1997年 1 月,頁 89-109。

〈梁祝故事之比較研究〉 邱春美撰,《大仁學報》第 15 期,1997年 3 月,頁 105-117。

〈臺灣歌仔戲的形成年代及創始者的問題〉 王順隆撰,《臺灣風物》第 47 卷第 1 期,1997 年 3 月,頁 39-54。

〈從七種全本《孟姜女歌》的語詞、文體看「歌仔冊」的進化過程〉 王順隆撰,《臺灣文獻》第 48 卷第 2 期,1997 年 6 月,頁 165-186。

〈從西施說到梁祝－－略論民間故事的基型觸發和乳展延〉 曾永義撰,《臺北市立社會教育館館刊》第 8 期,1997 年 6 月,頁 9-14。

〈變奏的梁祝〉 蔡欣欣撰,《表演藝術》第 59 期,1997 年 11 月,頁 83-84。

〈梁祝中原說－－梁祝故事本末、影響、價值及其發生地〉 馬紫晨撰,《尋根》第 3 期,1997 年,頁 4-9。

〈由彈詞編訂家侯芝談清代中期彈詞小說的創作形式與意識型態轉化〉 胡曉真撰,《中國文哲研究集刊》第 12 期,1998 年 3 月,頁 41-90。

〈臺灣劇場歌仔戲邁向現代化的發展－－以一九八〇到一九九七
　　年臺北市劇場歌仔戲演出為例〉　蔡欣欣撰,《當代》第 131
　　期,1998 年 7 月,頁 14-33。

〈本地歌仔研究的回顧〉　陳進傳撰,《宜蘭文獻雜誌》第 38 期,
　　1999 年 3 月,頁 134-158。

〈概述本地歌仔〉　鄭英珠撰,《宜蘭文獻雜誌》第 38 期,1999
　　年 3 月,頁 159-178。

〈《由落地掃到歌仔戲》－－日治日期歌仔戲發展過程初探〉　林
　　良哲撰,《宜蘭文獻雜誌》第 38 期,1999 年 3 月,頁 3-49。

〈梁祝故事與鎮江關係漫談〉　王驤撰,《鎮江師專學報‧社會科
　　學版》,第 1 期,2000 年 1 月,頁 69-71。

〈梁祝故事的文化內蘊〉　季學原撰,《寧波大學學報》第 13 卷
　　第 1 期,2000 年 3 月,頁 22-27。

〈蝶翼上的春天－－有感于新編越劇《梁祝情夢》〉　郝曉英撰,
　　《戲文》,2000 年 5 月,頁 65。

〈媒體藝術訊息形式與意義的研究－－以黃梅調電影梁山伯與祝
　　英臺為例〉　李慧馨撰,《藝術學報》第 66 期,2000 年 8 月,
　　頁 105-117。

〈明代梁祝戲曲散齣發論〉　林鋒雄撰,《古典文學》第 15 集,
　　中國古典文學研究會主編,2000 年 9 月,頁 409-429。

〈文化視野中的梁祝故事〉　季學源撰,《中國文學研究》第 57
　　期,2000 年,頁 52-57。

〈百年梁祝文化的發展與研究〉　周靜書撰,《民間文化》第 11-12
　　期,2000 年,頁 86-90。

〈對智的禮贊與生的求索－－從梁祝故事的"壯化"看壯族文化的審美意蘊〉 陸曉芹撰，《廣西民族學院學報》第 23 卷第 4 期，2001 年 7 月，頁 68-70。

〈梁祝文化研究的全息圖像－－《梁祝文化大觀》述評〉 斯邁撰，《中國文化月刊》第 257 期，2001 年 8 月，頁 113-118。

〈一場跨越時空的味覺享受－－歌仔戲梁祝之菜單比較〉 莊白和撰，《傳統藝術》第 15 期，2001 年 10 月，頁 46-49。

〈梁祝傳說：在浪漫幻想與真實地貌之間翩躚的精靈〉 喆子撰，《江蘇地方志》第 6 期，2001 年，頁 54-56。

〈越劇電視劇《梁祝》在寧波封鏡〉 陳其文撰，《戲文》，2002 年 5 月，頁 61。

〈尊「父之名」－－論《山伯英臺》的愛慾生死〉 曹中和撰，《文學前瞻》第 3 期，2002 年 6 月，頁 37-55。

〈追求超越－－喜看港版舞劇《梁祝》〉 趙國政撰，《舞蹈》，2002 年 7 月，頁 16。

〈梁祝悲劇原因"包辦說"遭質疑〉 喬蕊撰，《文史天地》，2002 年 7 月，頁 63-64。

〈梁祝文化發展的全息圖像〉 斯邁、張如安撰，《文藝今古》第 28 卷第 4 期，2002 年 8 月，頁 36-40。

〈找尋那年代音樂的刻痕－－日治時期歌仔戲老唱片的整理與研究〉 徐麗紗撰，《傳統藝術》第 21 期，2002 年 8 月，頁 43-45。

〈從歌仔冊《最新十二碗菜歌》看臺灣早期飲食〉 曾品滄撰，《臺灣風物》第 52 卷第 3 期，2002 年 9 月，頁 9-18。

〈試論女書唱詞《祝英臺》與壯劇《梁祝》的文化差異〉 羅義

華撰，《江漢大學學報》第 21 卷第 5 期，2002 年 10 月，頁 45-48。

〈論梁祝故事的發源〉 周靜書撰，《寧波服裝職業技術學院學報》
　　第 2 期，2002 年 12 月，頁 42-46。

〈雨中「梁祝」，搭建共同記憶〉 王友輝撰，《表演藝術》第 121
　　期，2003 年 1 月，頁 34-37。

〈湖北"故事村"里傳承的梁祝傳說〉 劉守華撰，《鄖陽師范高
　　等專科學校學報》第 23 卷第 1 期，2003 年 2 月，頁 18-20。

〈歌仔戲《山伯英臺》的情節發展〉 謝筱玫撰，《臺灣戲專刊》
　　第 6 期，2003 年 2 月，頁 1-18。

〈梁祝祭墳化蝶之寄託〉 黃致遠撰，《中華技術學院學報》第 26
　　卷，2003 年 4 月，頁 66-73。

〈梁祝故事在海外的傳播及研究設想〉 孔遠志撰，《寧波大學學
　　報》第 16 卷第 2 期，2003 年 6 月，頁 37-39。

〈從梁祝戲曲談生死意義〉 彭寶旺撰，《師友》第 433 期，2003
　　年 7 月，頁 62-63。

〈崑腔達摩東來－－周秦教授來臺為崑劇《梁山伯與祝英臺》打
　　譜拍曲紀實〉 應平書撰，《大雅藝文雜誌》，第 29 期，2003
　　年 10 月，頁 64-67。

〈蝴蝶夢－－梁山伯與祝英臺踏出數立動畫電影的一大步〉 《世
　　界電影》第 420 期，2003 年 12 月，頁 162-163。

〈民間傳說《梁山伯與祝英臺》〉 錢廷林撰，《中華原圖集郵協
　　會會刊》第 11 期，2003 年 12 月，頁 41-42。

〈有感于《梁祝》的道白〉 范成達撰，《戲文》2003 年第 1 期，
　　頁 38。

〈普通話的戲曲道白亦可嘗試－－與〈有感于《梁祝》的道白〉
　　一文作者范成達先生商榷〉　章圓撰，《戲文》2003 年 2 期，
　　頁 43。

〈傳說群：梁祝故事的傳說學思考〉　顧希佳撰，《民俗研究》第
　　2 期，2003 年，頁 67-75。

〈愛欲倫理－－《羅密歐與朱麗葉》和《梁祝》之比較〉　趙海
　　紅撰，《福建師范大學福清分校學報》第 3 期，2003 年，頁
　　36-39。

〈梁祝鳳蝶“樓臺會”〉　王克智撰，《科學中國人》2003 年 4 期
　　封底。

〈“梁祝”傳說與民間文學的變異性〉　向雲駒撰，《民族文學研
　　究》第 4 期，2003 年，頁 94-97。

〈祝英臺－－梁祝傳說的主線〉　敘祿撰，《江蘇地方志》第 6 期，
　　2003 年，頁 43-45。

〈蝴蝶夢裡的真實〉　張小虹撰，《聯合文學》第 231 期，2004 年
　　1 月，頁 26-31。

〈從梁祝傳說看民間故事與俗文藝的互動〉　顧希佳撰，《杭州師
　　範學院學報》第 2 期，2004 年 3 月，頁 51-56。

〈我去央視說“梁祝”〉　湯虎君撰，《檔案與建設》，2004 年 7
　　月，頁 14-16。

〈梁祝申遺從紛爭到聯合〉　霍尚德撰，《民間文化》第 139 期
　　2004 年 9 月，頁 24-32。

〈崑曲《梁山伯與祝英臺》導演設想〉　沈斌撰，《大雅藝文雜誌》
　　第 35 期，2004 年 10 月，頁 55-60。

〈守法與翻新－－《梁祝》崑唱的追記和思考〉　周秦撰，《傳統藝術》第 48 期，2004 年 11 月，頁 54-56。

〈扮裝、試探與相知相惜－－漫談梁祝故事與曾永義編著崑劇《梁山伯與祝英臺》〉　洪淑苓撰，《印劇文學生活誌》第 1 卷第 4 期，2004 年 12 月，頁 135-140。

〈梁祝故事傳天下申報遺產莫等閑〉　周靜書撰，《民間文化》第 9 期，2004 年，頁 20-32。

〈梁祝"申遺"－－不被背叛的《宜興備忘錄》－－訪江蘇宜興市副市長洪雅〉　霍尚德、張立新撰，《民間文化》第 10 期，2004 年，頁 10-15。

〈史實傳說風物－－盡道宜興"梁祝"〉　江蘇宜興市文化局，《民間文化》第 10 期，2004 年，頁 16-24。

〈梁山伯廟婚俗信仰文化空間（摘要）〉　鄞州區文字藝術聯合會主辦鄞州梁祝申遺課題組，《梁祝》第 26 期，2005 年 3 月，頁 69-72。

〈論《智救王國》和《梁祝雙狀元》在女權運動史上的意義〉　金榮華撰，《民間文化論壇》第二期，2006 年。

多媒體資料

（按筆劃排列）

《2002 梁祝四十》　DVD，凌波、胡錦主唱，滾石國際音樂公司，2003 年 1 月。

《七世夫妻之梁山伯與祝英臺》　祝英臺 / 賈靜雯、梁山伯 / 趙擎,民視電視臺八點檔連續劇。

《十記梁祝絲竹紅樓》 3CD,北京:九洲音像出版公司。

「十記梁祝絲竹紅樓」 CD,北京:九洲音像出版公司。

《小提琴協奏曲:梁山伯與祝英臺及中國小品》 全新數碼版
 CD,俞麗拿小提琴獨奏,上海:中國唱片公司,2006 年。

《小提琴協奏曲--梁山伯與祝英臺及中國小品》 CD,上海:
 中國唱片上海公司。

〈中國越劇 呂瑞英和她的藝術--梁祝〉(選段) VCD,浙江
 文藝音像出版社。

《中國民俗音樂專輯--廖瓊枝的歌仔戲--梁山伯與祝英臺》
 第 26、27 輯 錄音帶 2 卷,廖瓊枝劇本整理,梁山伯 / 黃素
 茹、祝英臺 / 廖瓊枝,財團法人中華民俗藝術基金會。

《少年梁祝》 祝英臺 / 梁小冰、梁山伯 / 羅志祥,中國電視臺
 八點檔連續劇。

《安徽黃梅戲劇院黃梅戲大展--梁山伯與祝英臺》 3VCD,財
 團法人公共電視文化事業基金會。

《東方弘韻 越劇精英大匯演(下)--梁山伯與祝英臺》(選場
 --四十八回) 2VCD,章瑞虹、吉玉英主唱,上海錄像公
 司。

《放飛--傅派傳人陳藝越劇專場--梁祝 "禱墓化蝶"》
 2VCD,盧島導演,浙江文藝音像出版社。

《再說一次‧我愛你‧苦命梁祝》 劉德華作詞,何慶遠作曲,
 劉德華演唱,EMI 唱片,2005 年 8 月。

《范瑞娟藝術集錦--梁山伯與祝英臺 "第十八回"》 VCD,

中國唱片上海公司。

《范瑞娟傅全香藝術傳人大匯演－－梁山伯與祝英臺》 3VCD，
陳琦、胡佩娣唱，上海電影音像出版社。

《前世今生蝴蝶夢》 VCD，黃香蓮歌仔戲，黃香蓮、小咪主演，
臺北：香影蓮藝術表演團。

《梁山伯與祝英臺》 DVD，袁雪芬、范瑞娟主演，桑弧、黃沙
導演，福建省音像出版社，1954 年。

《梁山伯與祝英臺》 錄音帶 2 卷，范瑞娟、傅全香等演唱，中
國唱片上海公司出版發行，1984 年。

《梁祝‧梁祝》 黃霑詞，何占豪、陳鋼曲，吳奇隆唱，華納唱
片，1994 年 8 月。

《雙飛‧梁祝》 黃霑詞，何占豪、陳鋼曲，吳奇隆唱，飛碟唱
片，1994 年 9 月。

《毋忘我‧梁祝》 黃霑詞，何占豪、陳鋼曲，楊采妮唱，香港
商千禧年代股份有限公司，1994 年 11 月。

《中國民歌經典 8‧梁山伯與祝英臺》 CD，俞淑琴演唱，河北
民歌，中國唱片總公司授權，搖籃唱片公司臺灣發行，1995
年。

《有聲有影‧梁祝》 黃霑詞，何占豪、陳鋼曲，吳奇隆唱，寶
麗晶唱片，1996 年 7 月。

《為愛偷生‧梁祝》 王繼康編曲，郭子唱，滾石唱片，1996 年
10 月。

《梁祝》 CD，臺北：蔡豬傳播有限公司，1998 年。

《梁祝小提琴協奏曲》 CD，呂思清，高雄：諦聽文化事業有限

公司，2000 年。

《香聲蓮語‧梁祝‧分離》（臺灣最美的歌仔調） 歌詞取自《梁
　　祝》，曾仲影編曲，黃香蓮、小咪演唱，曲調－－慶高中＋七
　　字仔＋留書 2，明視影視事業股份有限公司，2000 年。

《梁山伯與祝英臺》 動畫電影，蔡明欽導演，鄧亞宴編劇，祝
　　英臺／劉若英，梁山伯／蕭亞軒配音，中央電影公司，2001
　　年。

《May I love U‧梁祝》 李天龍作詞、左安安原英文詞，李天龍、
　　左安安作曲，涂惠元編曲，張智成唱，華研國際唱片，2002
　　年 7 月。

《We'll Go On The Stage‧梁祝》 林冠吟、余一霞作詞，林冠吟作
　　曲，林冠吟演唱，福茂唱片，2003 年 02 月。

《梁山伯與祝英臺》 VCD，夏禕、郎祖筠主演，財團法人公共
　　電視文化事業基金會，2003 年 8 月 15 日。

《梁祝》 2CD+1VCD，王柏森、辛曉琪主演，李小平導演，大風
　　音樂劇場製作，滾石國際音樂股份有限公司所屬風雲唱片企
　　宣發行，2003 年 9 月 14 日。

《梁山伯與祝英臺－－蝴蝶夢》 卡通動畫，蔡明欽動漫，鄧亞
　　宴編劇，時報文化出版公司，2003 年 12 月 22 日初版。

《梁山伯與祝英臺》 動畫電影小說，童趣出版公司編，北京：
　　人民郵電出版社，2003 年 12 月。

《時代經典Ⅲ－－瞬間永恆‧梁山伯與祝英台之樓臺會》 李雋
　　清作詞，周藍萍作曲，張鳳鳳唱，臺北：大紅音樂工作室，
　　2003 年。

《蒐藏張智成‧梁祝》　李天龍作詞、左安安原英文詞，李天龍、左安安作曲，涂惠元編曲，張智成唱，華研國際唱片，2004年7月。

《我是火星人‧梁祝》　林冠吟、余一霞作詞，林冠吟作曲，林冠吟演唱，奇蹟唱片，2004年11月。

《梁山伯與祝英臺》　3VCD，章瑞虹、陳穎、吳鳳花、陳飛主演，上海電影音像出版社。

《越劇　梁山伯與祝英臺》(選場)　VCD，傅全香、范瑞娟、戚雅仙、張雲霞、沈于蘭等主演，上海越劇院、靜安越劇院、盧灣越劇院、上海電視臺聯合主演　揚子江音像出版社。

《梁山伯與祝英臺－－十八相送、樓臺會》　VCD，劉如慧、廣雪琴主演，廣東惠州音像出版社。

《梁山伯與祝英臺》　DVD，凌波、樂帝主演，龍騰工程企業公司影視部。

《梁山伯與祝英臺》　VCD，梁耀安、陳韻紅主唱，廣州音像出版社。

《梁山伯與祝英臺》　VCD，丁凡、麥玉清主演，廣州音像出版社。

《梁山伯與祝英臺》　4VCD，陳穎、湯松華、全宏、張瑋虹、謝潔主演，上海越劇院演出，中國廣播音像出版社。

《梁山伯與祝英臺》　2VCD，袁雪芬、范瑞娟、張桂鳳、呂瑞英主演，中國唱片上海公司。

《梁山伯與祝英臺》　DVD，袁雪芬、范瑞娟主演，桑弧、黃沙導演，中國唱片上海公司。

《梁祝》 VCD，徐克導演，楊采妮、吳奇隆主演，香港：寰宇
　　鐳射錄影公司。

《梁山伯與祝英臺》 錄音帶 8 卷，楊麗花主唱，月球唱片廠公
　　司。

《梁山伯與祝英臺》 VCD，楊麗花、許秀年主演，臺視文化公
　　司。

《戚雅仙與戚派唱腔－－梁山伯與祝英臺“英臺哭靈”》
　　VCD，上海音像出版社。

《戚雅仙與戚派藝術唱腔－－梁山伯與祝英臺“英臺哭靈”》
　　VCD，中國唱片上海公司。

《張桂鳳藝術集錦(一)－－勸婚訪祝》 VCD，中國唱片上海公司。

《華派經典唱段(二)－－梁山伯與祝英臺“十八相送”》 VCD，
　　楊童華、傅幸文主唱，上海錄像公司。

《絕代雙椒－－〔梁山伯與祝英臺〕》 祝英臺／鄧澄惠、梁山
　　伯／方芳，中華電視臺九點半檔綜藝節目。

《越劇旦角經典唱段卡拉 OK(二)－－梁山伯與祝英臺》 CD，戚
　　雅仙唱，上海音像出版社。

《越劇名段卡拉 OK 2－－十八相送、記得草橋兩結拜、英臺托媒》
　　VCD，上海電影音像出版社。

《越劇精粹優秀劇目片段（三）－－梁山伯與祝英臺“回十八”》
　　VCD，范瑞娟唱，上海錄像公司。

《越劇流派紛呈　第一輯－－梁祝“十八相送”》 VCD，范瑞
　　娟、傅全香主唱，中國唱片上海公司。

《越劇小百花 第一輯》 VCD，梁永璋導演，武漢音像出版社。

《越劇名段薈萃－－梁祝》 VCD，顏佳、江瑤主唱，中國唱片上海公司。

《辣椒教室》 電影 VCD，陳勳奇導演，香港：嘉通娛樂公司。

《蝴蝶的傳說》 3VCD，韓婷婷、方雅芬主演，上海錄像公司，2000 年 8 月。

《香聲蓮語・雙飛・梁祝化蝶》（臺灣最美的歌仔調） 曾仲影作曲／編曲，黃香蓮、石惠君唱，曲調－－孟麗君(之二)1＋送君別 3，明視影視事業股份有限公司，2000 年。

報紙資料

（按出版年月排列）

〈邵氏與電懋又唱對臺戲搶拍「梁祝哀史」〉 《中央日報》7 版〈影藝新聞〉，1962 年 11 月 10 日。

〈國劇《梁祝》即將演出〉 青霞撰，《中央日報》7 版〈影藝新聞〉，1963 年 5 月 20 日。

〈不甘示弱〉 玉珍撰，《中央日報》7 版，1963 年 6 月 21 日。

〈《梁祝》面面觀－－正聲公司昨舉行座談會〉 《中央日報》7 版〈影藝新聞〉，1963 年 6 月 16 日。

〈平劇佈景談往〉 石玉撰，《中央日報》7 版，1963 年 7 月 13 日。

〈大鵬的「梁祝」〉 富翁撰，《中央日報》7 版〈影藝新聞〉，1963 年 9 月 8 日。

〈「梁祝」賣座破十萬大關〉　富翁撰,《中央日報》7 版〈影藝新聞〉,1963 年 9 月 8 日。

〈「梁祝」舞臺劇觀後〉　聞賓撰,《中央日報》7 版〈影藝新聞〉,1963 年 9 月 16 日。

〈亞洲影展特輯〉　《中央日報》4 版,1964 年 6 月 17 日。

〈華視單元歌唱劇集《開心九十》今推出,首集播《新梁山伯與祝英臺》〉　《聯合報》,〈影視綜藝〉,1980 年 8 月 21 日。

〈《梁山伯與祝英臺》的編寫〉　孟瑤撰,《中央日報》12 版〈中央副刊〉,1981 年 5 月 9 日。

〈高逸鴻描繪摺扇昨贈予曹復永增加了「梁山伯」的聲勢〉　《中央日報》9 版〈影藝新聞〉,1981 年 5 月 9 日。

〈中華電視公司演出七世夫妻之第二世《梁山伯與祝英臺》〉《中央日報》9 版〈影藝新聞〉,1982 年 9 月 14 日。

〈黃梅調電影梁山伯與祝英臺〉　李國俊撰,《中央日報》17 版,1988 年 6 月 3 日。

〈你看看中國電視史多難作啊,開心嚜!梁山伯與祝英臺今上陣化解題材衝突〉　王祖壽撰,《民生報》12 版〈電視資訊〉,1989 年 3 月 21 日。

〈巴戈假扮梁山伯乍看活像馬文才〉　鄭炎撰,《民生報》13 版〈娛樂新聞〉,1990 年 5 月 1 日。

〈理查帶著柔情四度來華,要以鋼琴演奏《梁山伯》〉　《中央日報》24 版〈娛樂〉,1993 年 3 月 5 日。

〈金獎編導演再續紅樓夢〉　貢敏撰,《中國時報》33 版〈藝文生活〉,1994 年 4 月 19 日。

〈黃梅戲裏話梁祝〉　曾永義撰，《中國時報》33 版〈藝文生活〉，
　　1994 年 4 月 19 日。

〈梁祝勝過 E.T.張菲恭迎凌波〉　王祖壽撰，《民生報》C2 版〈影
　　劇最前線〉，2002 年 2 月 4 日。

〈梁祝－－不滅的圖騰〉　王祖壽撰，《民生報》C2 版〈銀色發
　　燒網〉，2002 年 9 月 12 日。

〈梁祝勝過 E. T 張菲恭迎凌波〉　《民生報》C2 版〈影劇最前線〉，
　　2002 年 12 月 4 日。

〈郎姑不管怎麼擺／就是沒有凌波帥〉　田瑜萍撰，《中國時報》
　　D2 版〈娛樂大件事〉，2003 年 10 月 21 日。

〈東方荷里活再現風華／樂蒂、林黛令人懷念〉　蔡國榮撰，《中
　　國時報》D4 版〈星辣話題〉，2004 年 9 月 28 日。

〈梁祝年底首度唱崑曲／曾永義編劇賦新意〉　賴廷恆撰，《中國
　　時報》D8 版〈文化藝術〉，2004 年 10 月 13 日。

〈楊汗如／為了崑曲丟了數學〉　賴廷恆撰，《中國時報》D8 版
　　〈文化藝術〉，2004 年 12 月 24 日。

〈"梁祝"有喜／凌波將返鄉探親弟弟〉　田瑜萍撰，《中國時報》
　　D2 版，2005 年 3 月 24 日。

〈梁祝有續篇／生下小殭屍〉　黃文正撰，《中國時報》D2 版〈姻
　　樂焦點〉，2005 年 4 月 1 日。

〈廖瓊枝即興唱唸／打響歌仔戲讀劇節〉　賴廷恆撰，《中國時報》
　　D8 版〈文化藝術〉，2005 年 4 月 12 日。

〈緯來唱完黃梅調／流星蝴蝶劍出鞘〉　張士達撰，《中國時報》
　　〈偶像鬥陣〉，2005 年 4 月 19 日。

〈黃光男自我解嘲『送』學位〉　林采韻撰，《中國時報》D8 版
　　〈文化藝術〉，2005 年 4 月 20 日。

〈首齣建教合作音樂劇／梁祝大復活〉　林采韻撰，《中國時報》
　　D8 版〈文化藝術〉，2005 年 4 月 23 日。

〈音樂劇『梁祝』徵選演員〉　林采韻撰，《中國時報》D8 版〈文
　　化藝術〉，2005 年 5 月 11 日。

〈想學傳統藝術／上網拜師去〉　賴廷恆撰，《中國時報》D8 版
　　〈文化藝術〉，2005 年 5 月 24 日。

〈郭子乾扮四九搞笑梁兄哥深情入戲／不為所動〉　趙雅芬撰，
　　《中國時報》〈娛樂焦點〉，2005 年 7 月 14 日。

〈看凌波演出太入迷／楊麗音忘詞〉　趙雅芬撰，《中國時報》〈娛
　　樂焦點〉，2005 年 7 月 22 日。

〈梁祝帶頭 黃光男要臺藝大 50 歲發光〉　林采韻撰，《中國時報》
　　D7 版〈文化藝術〉，2005 年 9 月 17 日。

〈不畏魅影／音樂劇梁祝再續七世情〉　林采韻撰，《中國時報》
　　D7 版〈文化藝術〉，2005 年 9 月 29 日。

〈走過鬼門關／王柏森飆淚再演梁山伯〉　林采韻撰《中國時報》
　　D7 版〈文化藝術〉，2005 年 9 月 29 日。

〈丫環變英臺／洪瑞襄品嚐紅滋味〉　林采韻撰，《中國時報》D8
　　版〈文化藝術〉，2005 年 10 月 6 日。

〈狂戀老唱片／收藏上萬張〉　朱蘭香撰，《中國時報》〈大臺北
　　萬象〉，2005 年 10 月 8 日。

〈從胡撇仔到慕西科／音樂劇將促成戲曲融合與創新〉　楊忠衡
　　撰，《中國時報》D8 版〈文化藝術〉，2005 年 10 月 16 日。

〈音樂劇『梁祝』黃士偉演活癡情馬文才〉　林采韻撰,《中國時報》D8 版〈文化藝術〉,2005 年 10 月 29 日。

〈梁祝臺北場倒數計時〉　林采韻撰,《中國時報》D8 版〈文化藝術〉,2005 年 10 月 31 日。

〈臺灣崑曲首度登陸／票房亮眼〉　陳盈珊撰,《中國時報》〈文化藝術〉,2005 年 11 月 5 日。

〈臺灣來的崑劇梁祝折服上海戲迷〉　陳盈珊撰,《中國時報》D8 版〈文化藝術〉,2005 年 11 月 6 日。

〈山東馬坡鄉梁祝墓碑出土〉　《大紀元時報》,〈全球報導〉3,2005 年 11 月 13、19 日。

〈至痛無淚說悲劇〉　蔡國榮撰,《中國時報》B6 版〈浮士繪〉,2006 年 4 月 30 日。

〈當眼淚模糊了銀幕〉　蔡國榮撰,《中國時報》B6 版〈浮世繪〉,2006 年 4 月 30 日。

〈鋼琴版梁祝／陳冠宇閏七夕獻給有情人〉　林采韻撰,《中國時報》D6 版〈影藝新聞〉,2006 年 8 月 30 日。

〈什麼是文化創意產業〉　《中國時報》A14 版〈調查周報〉,2006 年 10 月 1 日。

〈北市國新版梁祝－－二胡高胡接龍主奏〉　林采韻撰,《中國時報》D5 版〈影藝新聞〉,2007 年 2 月 2 日。

網路資料

（按上網時間排列）

〈《梁山伯與祝英臺》小提琴協奏曲的誕生〉　新華社記者,

http://www.chinanews.com.cn/zxys/gs-lz.htm（2001 年 11 月 17 日）。

〈芭蕾舞劇《梁祝 Lianzhu》與《仙女 La Sylphide》〉，
　　http://www.kcb.org.tw/actions.asp?PageTo=4（2002 年 12 月 21 日）。

《閩南語俗曲唱本『歌仔冊』全文資料庫》　王順隆主編，中央
　　研究院漢籍電子文獻，http://www32.ocn.ne.jp/~sunliong/
　　index.html（2005 年 4 月 1 日）。

〈《梁祝》製作發行經驗分享〉，http://www.daso.com.tw/epaper/publi
　　c-paper/2005-04/news03.htm（2005 年 7 月 11 日）。

〈梁山伯與祝英臺榮獲四項金禾獎〉　《南國電影》1963 年 5 月號，
　　http://www.ledi-web.com/doc/eterne/eterne4.asp（2006 年 7 月 24
　　日）。

〈舊金山影展「優異影片」獎〉　《南國電影》1964 年 2 月號，
　　http://www.ledi-web.com/doc/eterne/eterne7.asp（2006 年 7 月 24
　　日）。

〈梁祝佳話‧影壇奇蹟〉　《南國電影》1963 年七月號，
　　http://www.ledi-web.com/doc/eterne/eterne5.asp（2006 年 7 月 24
　　日）。

〈《梁祝》究竟好在那裡？〉　劉晴撰，《南國電影》八月號，
　　http://www.ledi-web.com/doc/eterne/eterne6.asp（2006 年 7 月 24
　　日）。

《梁祝協奏曲版本比較》　彭元岐撰，http://staff.whsh.tc.edu.tw/-hua
　　nyin/music/l/liang.php（2006 年 8 月 4 日）。

《臺灣電影筆記－－專欄影評》，http://movie.cca.gov.tw/COLUMN/c
　　olumn_article.asp?rowid302（2006 年 8 月 23 日）。

《港臺黃梅調電影初探研究》　　陳煒智撰，http://movie.cca. gov.tw/
　　COLUMN/column_article.asp?rowid302（2006 年 8 月 23 日）。

〈《蝴蝶夢－－梁山伯與祝英臺》臺北單日票房排行榜〉，http://ap
　　p.atmovies.com.tw/movie/movie.cfm?action=BoxOffice&film_id=f
　　btw90311202&bo_code=taipeidays&more=Y（2006 年 9 月 23 日）。

《國際線上綜合・梁祝（1994）》，http://big5.chinabroadcast.cn/gate/b
　　ig5/gb.cri.cn/6851/2005/07/22/1325@632679.htm（2006 年 9 月 23
　　日）。

《純粹亞洲娛樂・梁祝恨》，http://sensasian.com/view/product.cgi/DE/
　　V3929/love_story（2006 年 9 月 23 日）。

〈何韻詩《梁祝下世傳奇》周國賢攜手音樂舞台劇〉，http://music.
　　ent.tom.com/1030/1092/200599-59550.html（2006 年 9 月 23 日）。

《香港演藝學院・演出詳細資料・梁祝下世傳奇》http://www.hkapa.
　　edu/asp/general/general_performance_details.asp?lang=tch&perfor
　　manceid=1932（2006 年 9 月 23 日）。

《舞音動影・舞台劇・梁祝下世傳奇》，http://www.wretch.cc/blog/p
　　aulinemu&article_id=7128241（2006 年 9 月 23 日）。

《中國影視資料館》・梁山伯祝英台后集（1935）》，http://www.cnmd
　　b.com/title/46605/（2006 年 9 月 23 日）。

《中國影視資料館・梁山伯，祝英台》，http://www.cnmdb.com/
　　title/42746/（2006 年 9 月 23 日）。

《中文電影資料庫・梁山伯、祝英台（上下集）》，http://www.dianyi
　　ng.com/ft/title.ph p?titleid=10712 及 10713（2006 年 9 月 23 日）。

《中國影視資料館・新梁山伯祝英台（1951）》，http://www.cumdb.c

om/title/43428/（2006 年 9 月 23 日）。

《中文電影資料庫・新梁山伯祝英台(1951)》，http://www.dianying. com/ft/title.php?titleied=xls1951（2006 年 9 月 23 日）。

《中文電影資料庫・梁山伯再會祝英臺(1952)》，http://www.diany ing.com/ft/title.php?titleid=lsb1952（2006 年 9 月 23 日）。

《中國影視資料館・梁山伯再會祝英台(1952)》，http://www.cnmd b.com/title/43141/（2006 年 9 月 23 日）。

《中文電影資料庫・梁山伯與祝英臺(1955)》，http://www.dianyin g.com/ft/title.php?titleid=lsb1（2006 年 9 月 23 日）。

《中國影視資料館・梁山伯與祝英台(1955)》，htpp://www.cnmd b.com/title/44195/（2006 年 9 月 23 日）。

《中文電影資料庫・梁祝恨史(1958)》，http://www.dianying.com/ft/ title.php?titleid=lzh1958（2006 年 9 月 23 日）。

《現代音像・梁祝恨史〔DVD〕》，http://www.malmusic.com/detail.a sp?Product_id=WDV3027N&lang=C（2006 年 9 月 23 日）。

《中國影視資料館・梁祝恨史(1958)》，http://www.cnmdb.com/title /8562/（2006 年 9 月 23 日）。

《任劍輝・梁祝恨史》，http://yamkimfai.net/film/fan16.htm（2006 年 9 月 23 日）。

西崎崇子：《至愛梁祝》，《現代音像》，http://www.malmusic.com/de tail.asp?Product_id=6220504&txtParam=&txtCat=梁祝&prev=&la ng=C（2006 年 9 月 23 日）。

《梁祝黃河》，《現代音像》，http://www.malmusic.com/detail.asp?Prod uct_id=FADVD7002&txtParam=&txtCat=&prev=&lang=C（2006

年 9 月 23 日）。

呂思清：《梁祝》，《現代音像》，http://www.malmusic.com/detail.asp?Product_id=8225940XRCD&txtParam=&txtCat=&prev=&lang=C（2006 年 9 月 23 日）。

盛中國：《梁祝小提琴協奏曲》，《現代音像》，http://www. malmusic.com/detail.asp?Product_id=K2037&txtParam=&txtCat=&prev=&lang=C（2006 年 9 月 23 日）。

薛偉：《梁祝‧門德爾松》，《現代音像》，http://www.malmusic.com/detail.asp?Product_id=HRP7171A&txtParam=&txtCat=&prev=&lang=C（2006 年 9 月 23 日）。

《黃河‧梁祝（原版）》，《現代音像》，http://www.malmusic.com/detail.asp?Product_id=HRP9032&txtParam=&txtCat=&prev=&lang=C（2006 年 9 月 23 日）。

《梁祝‧黃河（聲谷）》，《現代音像》，http://www.malmusic.com/detail.asp?Product_id=4893524910995&txtParam=&txtCat=&prev=&lang=C（2006 年 9 月 23 日）。

《梁祝‧黃河（雨果）》，《現代音像》，http://www.malmusic.com/detail.asp?Product_id=HRP7752&txtParam=&txtCat=&prev=&lang=C（2006 年 9 月 23 日）。

《中國皇牌協奏曲－－梁祝+黃河》，《現代音像》，http://www.malmusic.com/detail.asp?Product_id=8240158&txtParam=&txtCat=&prev=&lang=C（2006 年 9 月 23 日）。

《梁祝（中國名曲）》，《現代音像》，http://www.malmusic.com/detail.asp?Product_id=HRP71162&txtParam=&txtCat=&prev=&lang=C

（2006 年 9 月 23 日）。

《十記梁祝》〔HDCD〕，《現代音像》，http://www.malmusic.com/detail.asp?Product_id=DCD789&txtParam=&txtCat=&prev=&lang=C（2006 年 9 月 23 日）。

《梁祝》〔HDCD〕，《現代音像》，http://www.malmusic.com/detail.asp?Product_id=SWH1052&txtParam=&txtCat=&prev=&lang=C（2006 年 9 月 23 日）。

《梁祝協奏曲》〔CD〕，《現代音像》，http://www.malmusic.com/detail.asp?Product_id=MCD8270&txtParam=&txtCat=&prev=&lang=C（2006 年 9 月 23 日）。

〈《梁山伯與祝英臺》全新數位化修復拷貝／元旦開春重線大銀幕〉，http://www.cmcmovie.com/aboutus/News2. asp?no=1617（2006 年 9 月 23 日）。

《天韻國際室內音樂家協會隆重舉辦馬年音樂會，各家雲集中西合璧精彩紛呈之音樂盛會》　《大紀元》2006 年 5 月 8 日，http://www.epochtimes.com/b5/2/5/8/n188516.htm（2006 年 9 月 24 日）。

《國立實驗國樂團和謝楠李堅合演黃河梁祝》　《大紀元》2002 年 10 月 16 日，http://www.epochtimes.com /b5/2/10/16/n236130.htm（2006 年 9 月 24 日）。

《中國影視資料網‧梁山伯與祝英臺(1940)》　，http://www.cnmdb.com/title/6488（2006 年 9 月 30 日）。

《中文電影資料庫‧梁山伯與祝英臺(2002)》，http://www.dianying.com/ft/title/lsb19632（2006 年 9 月 30 日）。

《中國影視資料館‧梁山伯與祝英台新傳》，http://www.cnmdb.co
　　m/ent/141372（2006 年 9 月 30 日）。

〈絢麗多彩的梁祝文化〉周靜書撰，http://www.chinapostnews-com
　　-cn/506/jyyj03-htm（2006 年 9 月 30 日）。

〈男與女、叛逆與傳統－－從音樂與文學角度欣賞《梁祝》〉　余
　　少華、張秉權、傅碧玉、黃念欣整理稿，「2000 年梁祝美樂賀
　　千禧導賞會」，香港中文大學，http://bowen.chi.cuhk.edu.hk/spe
　　ech/CY_scrp.htm（2006 年 9 月 30 日）。

〈獨家視頻：《飲茶′S》15 集短片精采片段欣賞〉，http://ent.sina.c
　　om.cn/v/2004-11-22/2055575668.html（2006 年 9 月 30 日）。

《天藝音像‧博藝影視‧梁祝笑傳》，http://www.jbav.com.cn /Main
　　/main.asp?type_id=40（2006 年 9 月 30 日）。

〈優秀劇目《梁山伯與祝英臺》〉，http://yueju.news365.com.cn/page/
　　index35.htm（2006 年 9 月 30 日）。

〈交響經典越劇《梁祝》新年上海大劇院上演〉　端木復撰，《解
　　放日報》2005 年 12 月 14 日，http://big5.gov.cn/gate/big5/www.g
　　ov.cn/fwxx/wy/2005-12/14/content_126301.htm（2006 年 9 月 30
　　日）。

〈京劇名旦張火丁即將來豫演出〉　張體義撰，http://www.hawh.cn:
　　82/gate/big5/www.hawh.cn/html/20060623/836194.html（2006 年 9
　　月 30 日）。

〈京劇《梁祝》：火丁如燈耀舞臺梁祝化蝶翩翩飛〉　張體義及陳
　　煒撰，《河南日報》2006 年 6 月 30 日，2006 年 9 月 30 日，
　　http://big5.xinhuanet.com/gate/big5/news.xinhuanet.com/audio/200

6-06/30/content_4769459.htm。

〈李勝素張火丁國慶 PK "梁祝" 目前出票率還不相上下〉 唐雪
　　薇撰，《北京娛樂信報》2006 年 9 月 17 日，http://www.Stardai
　　ly.com.cn/view.asp?id=218635（2006 年 9 月 30 日）。

〈新《梁祝》熱拍董潔踩 "商曉" 為配何潤東（圖）〉 宗珊撰，
　　2006 年 9 月 30 日，http://big5.xinhuanet.com/gate/big5/news.xinh
　　uanet.com/ent/2006-09/04/content_5044225.htm（2006 年 9 月 30
　　日）。

《鴻鷹動畫·梁祝笑傳·相關鏈接》，http://www.yamuchas.com.cn/
　　links.htm（2006 年 9 月 30 日）。

《鴻鷹動態·梁祝笑傳》，http://www.greedland.net/subject/hy/video/
　　lzxz.html（2006 年 9 月 30 日）。

《奇摩拍賣·梁山伯與祝英台艷史》，http://tw.page.bid.yahoo. com/
　　tw/auction/1144691589（2006 年 9 月 30 日）。

《奇摩拍賣·梁祝豔譚》，http://tw.f5.page.bid.yahoo.com/tw/auction
　　/el5735097（2006 年 9 月 30 日）。

《香港倫理片·梁祝豔譚》，http://51k.cn/POParticle/25/1743.Html（2
　　006 年 10 月 3 日）。

〈郵票送梁祝魂歸故里 "故里與他鄉的梁祝變奏曲系列之一〉，
　　《大河報》，http://www.cnxungen.com/Html/tegao/hnjiedu/hnzmd/
　　432920061120231251.html（2006 年 10 月 10 日）。

《木魚書藏書錄》，http://tim.portland.co.uk/covers/（2006 年 10 月 10
　　日）。

《中國票務中心·多媒體交響越劇·梁山伯與祝英台》，http://ww

w.51piao.com/Ticket/TicketDetail.aspx?Id=1079（2006 年 10 月 10 日）。

《上海票務熱線・小百花越劇團・梁祝》，http://www.sh-tickets.com /purchase.php?perform_id=2337（2006 年 10 月 10 日）。

〈第七屆中國上海國際藝術節演出表〉，http://www.artsbird.com/new web/artsnews.php?thisid=22313（2006 年 10 月 10 日）。

《歌舞團五一大匯演》　康延芳撰，《重慶晚報》2005 年 4 月 28 日，http://www.cqwb.com.cn/webnews/htm/2005/4/28/137725.sht ml（2006 年 10 月 10 日）。

《賀重慶晚報創刊 20 周年－－23 日，文化宮上演三臺好戲》　周 秋含、康延芳、何佳撰，《重慶晚報》2005 年 4 月 22 日，http:// www.cqwb.com.cn/webnews/htm/2005/4/22/136724.shtml（2006 年 10 月 10 日）。

《梁山伯與祝英臺》，http://www.chinaculture.org:81/gb/cn_zgwh/200 4-06/28/content_50197.htm#（2006 年 10 月 10 日）。

〈遼寧芭蕾舞團〉，http://www.chinaculture.org:81/gb/cn_jgyt/2004-06 /28/content_47945.htm（2006 年 10 月 10 日）。

〈《廣州芭蕾舞團》詳細信息〉，http://www.gdw.com.cn/modules/perf orm/agency_reg.php?Agency_Id=8&Type=1（2006 年 10 月 10 日）。

〈梁祝演出簡述〉，http://board6.tacocity.com.tw/USER/dancer/read er.cgi?user=dancer&group=USER&topic=1947844343-1049450320 &subject=%A1i%B1%E7%A1@%AF%AC%A1j（2006 年 10 月 10 日）。

〈《梁祝》故事經久不衰芭蕾舞劇呼之欲出〉　崔煜芳撰，《中國

新聞網》2001 年 11 月 24 日，http://news.tom.com/Archive/200
1/11/24-53346.html（2006 年 10 月 10 日）。

〈《梁祝》打造國產芭蕾頂尖排場〉　《東方網》2001 年 11 月 28
日消息，http://www.shlottery.gov.cn/epublish/big5/ paper18/1/class
001800009/hwz495722.htm（2006 年 10 月 10 日）。

〈演出：上海芭蕾舞團〉，http://www.culture.sh.cn/product.asp?id=495
（2006 年 10 月 10 日）。

〈《梁祝》：打造一個中國經典〉　《東方網》2001 年 11 月 14 日
消息，http://www.shlottery.gov.cn/epublish/big5/paper191/200106
28/class019100005/hwz477933.htm（2006 年 10 月 10 日）。

〈走近"梁山伯"訪陳真榮〉　《東方網》2001 年 11 月 15 日報
導，http://www.shlottery.gov.cn/epublish/big5/paper18/1/class00180
0008/hwz479930.htm（2006 年 10 月 10 日）。

〈走近"祝英臺"訪季萍萍〉　《東方網》2001 年 11 月 15 日報
導，http://www.shlottery.gov.cn/epublish/big5/paper18/1/class00180
0008/hwz479932.htm（2006 年 10 月 10 日）。

〈從《天鵝湖》到《梁祝》－－訪上芭青年舞蹈演員季萍萍〉　《東
方網》2001 年 11 月 15 日報導，http://www.shlottery.gov.cn/epub
lish/big5/paper18/1/class001800008/hwz478812.htm（2006 年 10
月 10 日）。

〈肢體語匯盡現淒美芭蕾《梁祝》迷醉蓉城〉　李姝撰，《華西都
市報》2003 年 11 月 4 日，http://202.98.123.203:82/nsichuan/scy
l/20031104/200311452219.htm（2006 年 10 月 10 日）。

〈原創芭蕾舞劇《梁祝》（2004. 8. 27）〉，http://local.sh. sina. com.cn/

action/20040727/150036139.shtml（2006 年 10 月 10 日）。

〈上海芭蕾舞團藝術總監辛麗麗解說芭蕾舞劇《梁祝》－－中國
　　的“羅密歐與茱麗葉”〉　張體義撰，《大河網大河報》2006
　　年 7 月 25 日，http://www.ddzw.net/news/pic/2006-07-25/1153794
　　655d79978.html（2006 年 10 月 13 日）。

《玫瑰大眾音樂網》（各式媒材梁祝 CD），http://shopping.g-musi
　　c.com.tw/GMusicSearchAlbum.aspx?ProductID=2000000100548（2
　　006 年 10 月 21 日）。

《梁祝‧黃河》、《梁祝小提琴協奏曲》　《向綠唱片》，http://www.
　　greenmusic.com.tw/agenc y_3.htm（2006 年 10 月 21 日）。

《廖瓊枝的歌仔戲－－梁山伯與祝英臺》劇本　薪傳歌仔戲劇
　　團，http://hsinchuan.myweb.hinet.net/top02（2006 年 10 月 21 日）。

〈民間傳說之－－梁祝恨〉http://www.muhupin.x-y.net/cj150.htm
　　（2006 年 10 月 21 日）。

〈新版京劇「梁祝」〉　http://wagang.econ.hc.keio.ac.jp/index.php?
　　2005-01-29（2006 年 10 月 21 日）。

〈四大傳說結緣蘇州〉　http://ttej.com/information/newsshow.as
　　p?id=13&typeid=1（2006 年 10 月 21 日）。

〈音樂奇才何占豪〉　諸暨電視臺社教部，http://zhuji.gov.cn/
　　provin/zuji/1112.htm（2006 年 10 月 21 日）。

〈黑色浪漫曲〉　陳鋼撰，《文匯報》1991 年 2 月 20 日，http://ww
　　w.wanfangdata.com.cn/qikan/periodical.articles/tjyyxyxb-tl/tjyy200
　　3/0304/030410.htm（2006 年 10 月 21 日）。

《梁祝網‧中國音樂‧梁祝（竹笛）》，http://www.liangzhu.org/html/

zudi.asp（2006 年 10 月 22 日）。

《中國音樂》（各式媒材梁祝 CD），http://www.vinylparadise.com/2c hnmusi/9/ chinmus9.htm（2006 年 10 月 22 日）。

《中國票務在線・小百花越劇團・梁山伯與祝英台》，http://www.pi ao.com.cn/ticket_1868.html.aspx（2006 年 10 月 22 日）。

《《梁祝》與"紅色小提琴"－－著名作曲家陳鋼小提琴作品音樂會》，http://www.pku-hall.com/new/play11111111/2006/0611/11.02/061102.htm（2006 年 10 月 22 日）。

《鋼琴三重奏音樂會》，http://arts.nthu.edu.tw/NewWww/PerformingArts/su_12_26_90/（2006 年 10 月 22 日）。

《小提琴手聚佳節"梁祝"一曲度元宵，中福會小提琴藝術團的新奉獻》 《大紀元》2006 年 3 月 31 日，http://www.epochtim es.com/b5/3/3/31/n293971.htm（2006 年 10 月 22 日）。

《情思情緣 家國情牽梁祝情迷「梁祝情緣」音樂會》，http://www.hk co.org/big5/archive_pe_29th_2 8_tc.asp（2006 年 10 月 22 日）。

《「梁祝美樂為民康」慈善籌款音樂會》，http://www.hkedcity.net/iw orld/feature/view.phtml?iworld_id=95（2006 年 10 月 22 日）。

《薩克斯風演奏梁祝新創意》 陳蓉撰，《大紀元》2006 年 10 月 7 日，http://tw.epochtimes.com/bt/5/10/7/n1078547.htm（2006 年 10 月 22 日）。

《臺灣百年歌樂精典》6，http://my.so-net.net.tw/sfbooks/tw/twsou n.htm（2006 年 10 月 28 日）。

《小提琴家 VS 指揮家杜梅餘隆攜手演繹《梁祝》》 唐崢撰《北京娛樂信報》2006 年 10 月 20 日，http://zh.wikipedia.org/wiki/

%E4%BD%99%E9%9A%86（2006 年 10 月 28 日）。

〈廣州殯儀館 150 首告別曲可選《梁祝》最熱〉 《大紀元》2006 年 4 月 8 日，http://www.epochtimes.com/b5/2/4/8/n182159.htm（2006 年 10 月 29 日）。

〈梁祝化蝶戀郵花〉 方耀成撰，http://www.cnjy.com.cn/20021204/ca199799.htm（2006 年 11 月 25 日）。

《孔夫子舊書網》，http://www.kongfz.com/photo/user_photo.php?id=933881（2006 年 11 月 25 日）。

〈二十世紀中國著名女作家傳－－趙清閣〉 李楊楊撰，http://www.52wg.org/Article/shuibi/200510/24657.html（2006 年 11 月 25 日）。

〈梁祝化蝶戀郵花〉 方耀成，http://www.cnjy.com.cn/20021204/ca199799.htm（2006 年 11 月 25 日）。

《中國梁祝文化網》，http://www.chinaliangzhu.com/chs/heritage/meishu_1.htm（2006 年 11 月 26 日）。

〈《民間傳說－－梁山伯與祝英臺》特種郵票〉，http://www.cpi.com.cn/newstamp/yubao/20031018.asp（2006 年 11 月 28 日）。

〈各地郵政刻啟“民間傳說－－梁山伯與祝英臺”紀念郵戳〉 蔡秉旋，http://www.cpi.com.cn/huicui/zh/20031026.asp（2006 年 11 月 28 日）。

〈皮影《梁山伯與祝英臺》〉，http://www.ccncraft.com.cn/tradeleads/detail.asp?Id=170090（2006 年 11 月 28 日）。

〈《梁山伯與祝英臺》關中皮影〉，http://cgi.ebay.com.cn/ws/eBayISAPI.dll?ViewItem&item=8276571221&indexURL（2006 年 11 月 28

日）。

〈數字化的中國皮影藝術〉，http://www.univs.cn/newweb/univs/hfut/
2004-07-11/301123.html（2006 年 11 月 28 日）。

〈皮影動畫《梁祝十八相送》我－－土豆網－－播客個人多媒
體〉，http://www.tudou.com/programs/view/FS6beWZQwXM/（2
006年11月28日）。

〈上海科學與藝術展 2003・數字化的皮影藝術〉，http://www.scienc
e-art.com.cn/2003back/3d2/HTMLGROUP/cate_2/index.htm（2006
年 11 月 28 日）。

〈湖南木偶皮影〉，http://www.hkpsac.org/puppet/p11.htm（2006 年 11
月 28 日）。

《中國亞洲國際郵票展覽・小本票》，http://www.mianyang.net.cn/z
huanti/youzhan/jyzs/028.htm（2006 年 11 月 28 日）。

〈《梁山伯與祝英臺》郵票的象徵手法〉　宋曉文撰，《上海集郵》
2003 年第 10 期，http://www.cnji.net（2006 年 11 月 29 日）。

〈多姿多彩的《梁祝》連環圖（圖）〉　曾學遠撰，http://www.red-so
il.com/redShow.asp?ArticleID=18341（2006 年 11 月 30 日）。

〈52 年前獨創的“立體連環畫”絕技將失傳－－姜山八旬老畫家
苦覓傳人〉　王景波、胡龍召，《中國寧波網》2004 年 4 月 20
日，http://60.190.2.15/www_cnnb_com_cn:80/g/2/channel/node13
890/node14068/node14073/node14114/userobject7ai1018190.html.b
ig5（2006 年 11 月 30 日）。

〈寧波“立體連環畫”瀕臨失傳・八旬老人急覓傳人〉　楊清撰，
《今日早報》2004 年 4 月 26 日，http://big5.southcn. com/gate/

big5/www.southcn.com/news/community/shms/200404260651.htm
（2006 年 11 月 30 日）。

〈鎮海發現清末長篇小說《繪圖梁山伯》〉　鄭建軍撰，《寧波日
報》2002 年 4 月 30 日，《寧波文化網》，http://www.nb7000.net
/homepage/page012-01-01.php?id=1040455832&theme=282（2006
年 11 月 30 日）。

《梁祝文化網‧文化專題‧梁祝‧水墨梁祝》，http://www.nb7000.
com/homepage/specialty/Ln/page03.php?id=1110956538&theme=5
16&uptheme=true&navTitle　（2006 年 11 月 30 日）。

《梁祝文化網‧文化專題‧梁祝‧第一套"梁祝"故事明信片》，
http://www.nb7000.com/homepage/specialty/Lighu/pag03.php?id=1
110940140&theme=523&uptheme=true　（2006 年 11 月 30 日）。

《中華人民共和國行政區劃網》(截至 2006 年 8 月 31 日)duhuanyu
等愛好同人，2006 年 12 月 7 日，http://www.xzqh.org/QUU/inehtm
（2006 年 12 月 7 日）。

《中國影視資料館‧梁山伯與祝英台(1964)》，http://www.cnmdb.c
om/title/45434/（2007 年 1 月 20 日）。

〈黃梅調音樂劇《梁山伯祝英台》〉，http://www.tco.gov.tw/news/920
826.htm（2007 年 1 月 20 日）。

〈狂人城臺北－－人山人海〉　林文卓撰，http://www.amychan.in
fo/ying/lingboh/drama/eterne/eterne13.htm（2007 年 1 月 20 日）。

〈《梁祝》參加舊金山影展－－凌波照片展覽盛況空前〉，http://ww
w.amychan.info/ying/lingboh/drama/eterne/eterne09.htm（2007 年 1
月 20 日）。

「《梁山伯與祝英臺》臺北單日票房排行榜」，http://app. atmovies.c
　　om.tw/movie/movie.cfm?action=BoxOffice&film_id=flhk70130056
　　&bo_code=taipeidays&more=Y（2007 年 1 月 20 日）。

〈電影還是老的好？／上週百萬人次看《梁祝》〉　葛瑞成撰，《大
　　紀元》2005 年 3 月 29 日，http://www.epochtimes.com/b5/5/3/29/
　　n870677.htm（2007 年 1 月 20 日）。

〈佻皮新版《梁祝》充滿爭議性亦有通俗性〉　石琪撰，《明報》
　　1999 年 1 月 8 日，http://www.geocities.com/dramanatic/drama/lc
　　1.html（2007 年 1 月 20 日）。

〈假鳳虛凰同性相親新版《梁祝》反叛浪漫〉　吳耀華撰，《廣東
　　羊城晚報》1998 年 12 月 1 日，http://www.geocities.com/draman
　　atic/drama/lc4.html（2007 年 1 月 20 日）。

《梁祝》　依達撰，《香港成報》1998 年 12 月 28 日，http://www.geo
　　cities.com/dramanatic/drama/lc3.html（2007 年 1 月 20 日）。

《鄉城歌仔戲劇團》　http://myweb.hinet.net/home6/shiang-cheng/ind
　　ex.html（2007 年 1 月 20 日）。

《凌波‧1963/10/#68》，http://www.amychan.info/ying/lingboh/info/sha
　　w/shaw01.htm（2007 年 1 月 20 日）。

《kingNet 影音臺‧影城好康快訊》，http://movie.kingnet.com.tw/med
　　ia_news/index.html?act=movie_news&r=1074241347（2007 年 1
　　月 20 日）。

〈魂兮歸來梁祝曲〉《河南日報》2004 年 11 月 15 日，http://www.d
　　ahe.cn/hzhn/dsj/t20041115_3455.htm（2007 年 2 月 7 日）。

〈世界唯一女性文字 "女書" 亟待搶救破歷史謎團〉，http://big5.so

uthcn.com/gate/big5/www.southcn.com/news/community/dqsj/2002
04050694.htm（2007 年 2 月 10 日）。

〈一個日本人的“梁祝情結”〉 《中華讀書報》，http://www.gm
w.cn/content/2007-02/03/content_545167.htm(2007 年 2 月 10 日)。

〈“為了‘梁祝’6 次來到寧波”－－渡邊明次的“梁祝”之旅〉
陳青、丁玲撰，《寧波日報》，http://202.107.212.147:82/gate/big
5/www.nbwh.gov.cn/homepage/specialty/feiwuzhi/html/3.php?id=1
155018981&theme=671&uptheme=true（2007 年 2 月 10 日）。

〈首個梁祝文化研究所在日成立〉 大公網訊，http://www.takung
pao.com.hk/news/06/05/30/ZM-572963.htm(2007 年 2 月 10 日)。

〈《梁山伯与祝英台》在日本出版〉，http://www.backchina.org/main/
archiver/?tid-436022.html（2007 年 2 月 10 日）。

〈日本學者完成“梁祝三部曲”〉 段躍中撰，《人民日報海外版》
（2006-12-25 第 08 版），http://www.booker.com.cn/BIG5/69360
/5212812.html（2007 年 2 月 10 日）。

〈首個梁祝文化研究所在日成立〉 大公網訊，http://www.takung
pao.com.hk/news/06/05/30/ZM-572963.htm(2007 年 2 月 10 日)。

〈梁祝確有其事 梁山伯是過勞死〉 ，http://hksites.net/archiver
/?tid-127988.html（2007 年 2 月 10 日）。

〈晨報選載《發現之旅》－－“發現之旅”披露江永女書之謎〉，
http://202.101.38.42/old_jfdaily_com:80/gb/node2/node17/node33/n
ode66156/node66164/userobject1ai1036249.html.big5（2007 年 2
月 10 日）。

〈布依族的浪哨歌是怎樣唱起來的？〉，http://tw.knowledge. yahoo.

com/question/?qid=1105061603997（2007 年 2 月 15 日）。

公演資料

（按演出年月排列）

《山伯英臺》　梁山伯／徐正芬、祝英臺／郭美珠，聯通電視歌
　　劇團，1968 年 9 月 1 日。

《同窗記》　大鵬國劇隊演出，1988 年 6 月 16 日。

《梁祝》　王柏森、辛曉琪主演，李小平導演，大風音樂劇場，
　　臺北市國家戲劇院，2003 年 9 月 11~14 日。

《梁山伯與祝英臺》　凌波、胡錦主唱，臺北國父紀念館、高雄
　　文化中心至德堂臺中中山堂、臺南市立藝術中心，2003 年 10
　　月 24 日至 11 月 9 日。

《梁祝·十八相送》　折子戲，王柔桑、王哲主演，上海越劇院
　　紅樓劇團，新舞臺，2003 年 11 月 15 日。

《梁祝·樓臺會》　折子戲，章瑞虹、陳穎主演，上海越劇院紅
　　樓劇團，新舞臺，2003 年 11 月 15 日。

《梁山伯與祝英臺》　舞臺劇，周彌彌、沈于蘭主演，黃沙、方
　　國泰、吳莉莉導演，周彌彌再興青年越劇團，臺北市立國樂
　　團演奏，李英指揮，臺北市中山堂中正廳，2003 年 12 月 12-13
　　日。

《梁山伯與祝英臺·十八相送》　臺北曲藝團，2003 年 11 月 25-27
　　日，演出地點：臺北市新舞臺。

《梁山伯與祝英臺》　首場主演：曹復永、孫麗虹、趙揚強、楊

汗如／梁山伯，魏海敏、陳美蘭、郭勝芳／祝英臺，巡演主
演：孫麗虹、汪勝光、林美惠／梁山伯，魏海敏、陳美蘭／
祝英臺。曾永義編劇，沈斌、朱錦榮導演，首演時間：2004
年12月24-26日，演出地點：國家戲劇院，巡演時間：2005
年1月2-15日，演出地點：桃園文化局中壢館音樂廳、臺中
立港區藝術中心演藝廳、高雄中正文化中心至德堂。

《梁祝‧十八相送》　折子戲，魏春芳／梁山伯、朱丹萍／祝英
臺，楊小青、郭曉男導演，浙江小百花越劇團，國家戲劇院，
2005年4月16日。

《梁山伯與祝英臺》　凌波、胡錦、楊麗音、郭子乾主演，臺北
國家戲劇院，2005年7月22-23日。

資訊

（按年月排列）

《梁祝 Lianzhu》　芭蕾舞劇，高雄城市芭蕾舞團／高雄市國樂團，
2001年8月11、12日高雄市中正文化中心，8月17日臺南市
文化中心，8月19日嘉義市文化中心，8月24日屏東市藝術
館，8月31日臺中縣文化中心，9月29日高雄市社教館。

〈民間傳說《梁山伯與祝英臺》〉　錢廷林，《中華原圖集郵協會
會刊》，2003年12月，頁41-42。

《蝴蝶夢－－梁山伯與祝英臺》　預定上映日期：12月31日晚場
起，《世界電影》，2004年1月，頁184。

《梁祝》　預定上映日期：1月1日，《世界電影》，2004年1月，

頁 184。

《新編崑劇《梁山伯與祝英臺》演出手冊》 國立國光劇團，2004
年 12 月。

日文資訊

（按年月排列，不知年月者，置於本類最後。）

〈中国映画「梁山伯と祝英臺」〉 寺岡龍含，《漢文學》第 6 輯，
1957 福井漢文學會。

〈謠曲文學から觀た中国映画「梁山伯と祝英臺」〉 道関与門，
《漢文學》第 6 輯，1957 福井漢文學會。

〈「梁山伯と祝英臺」バイオリン協奏曲の誕生〉 新華社 2001
年 11 月 17 日，青木裕美、高橋弘子、仲村統、安藤真平、
飯田阿佐美譯。

舞踏「荷花賞」決勝公演ダンス劇《梁山伯與祝英臺》 2004 年
月 6 日，上海戲劇學院實驗劇場。

〈音樂の奇才、何占豪〉 諸暨テレビ社教部，岡野加代、傅寒
笑、農澤香里譯。

〈黑色のロマンス〉 陳鋼撰，渡邊昭太、松田紘幸譯。

〈越劇「梁祝」の由來と発展〉 丁一撰，(一)梁祝故事溯源，石
橋聖子、栗本彩子譯，法政大學國際文化學部鈴木靖研究室。

〈越劇「梁祝」の由來と発展〉 丁一撰，(二)越劇「梁祝」の誕
生，飯倉亞矢子、林まゆみ、三友真希子譯，法政大學國際
文化學部鈴木靖研究室。

〈越劇「梁祝」の由來と発展〉　丁一撰，㈢越劇「梁祝」の變遷，松沼宏明、道上由美譯，法政大學國際文化學部鈴木靖研究室。

〈越劇「梁祝」の由來と発展〉　丁一撰，㈣越劇「梁祝」の影響，松田真由美、茂手木俊彥譯，法政大學國際文化學部鈴木靖研究室。

附錄

一、梁祝故事情節單元素表

情節\故事	仙人貶凡轉世投胎	女主角賭誓物	床中為界物（越者受罰）	防人識破己為紅妝	懷疑女扮男裝之跡象	以物喻己為紅妝	世上所無藥方	男女主角死後化物	求聘者死後化物	連續變形
文獻7								（人化）蝶		
文獻12-2								（人化）花蝴蝶		
文獻13								（人化）蝶		
文獻14								（人化）蝶		

文獻16	(人化)蝶	
文獻17		橘蟲→花蝴蝶
文獻18	(人化)蝶	
文獻21-1	(人化)蝶	
文獻21-3	(人化)蝶	
文獻22	(人化)蝶	
文獻28	(人化)蝶	
文獻29	(衣化)蝶	
文獻31	(衣化)蝶	
文獻33	(衣化)蝶	

	金童玉女	牡丹／花鞋	盆水／杯水	行為描述一	行為描述二	禽鳥／植物	化
詩1							(衣化)蝶
詩2							蝶
詩3							(衣化)蝶
詩4							蝶／連理枝
詩5							蝶
詩6							蝶
故事1			畫精盆水			公鵝母鵝鴛鴦	(人化)大蛺蝶
故事2			杯水			鴛鴦月下老人清 水井邊獨木橋比鵲橋	(裙化)蝶
故事3	金童玉女						(裙化)蝶
故事4		牡丹	杯水	和衣而睡右腳進門不與人一起解手	伴稱多病怕冷衣有三百紐扣		(人化)蝶
故事5	金童玉女	花鞋	碗水(墨紙筆)	胸脯高脫衣要滅燈睡覺	巧計使男子跨著撒尿伴稱奶大做牽穿襪	桂花	蝙蝠

	人物	信物	試物	相		動物/景	化	
故事6	金童玉女、萬喜孟姜女、牛郎織女	紅綾綢月季花	紙牆(文房四寶)	立著小便污穢天地男人褻天地胸大拜相	日間小便用夜壺胸部隆起耳環痕跡秋千發現經紅			
故事7					蜜蜂屁股螳螂腰面白眉細十指尖尖說話女聲調			
故事8	仙童仙女		碗水(紙一刀)			兔子		
故事9	·	花	碗水	佯稱三百鈕扣	和衣過河胸前鼓和衣而睡	石榴喜鵲鴛鴦船靠岸水影一男一女芙蓉堂	(入化)大彩蝶	黑蝴蝶
故事11	金童玉女				牡丹	老龍頭上角蝴蟲頭上漿	(入化)蝶	
故事12			書箱盆水	引開別人獨自脫衣過河磕頭右膝先跪	鵝雞雁	老龍頭上角蝴蟲頭上漿	(裙化)蝶(八化)鴛鴦	水廣皮
故事13				你到丈人家你媽是我的婆不來求			(八化)白蝴蝶	砂蟲

故事								
故事14			分開洗澡上游洗澡將睡的芭蕉葉拿走	前胸挺睡喉頭平	親不能見我妹子 你要叫小姨白鵝		（人化）石	人→石→竹（四弦琴）
故事15		四碗水	伴稱咽死投胎長喉骨	無喉結蹲著解手	白鶴鴛鴦背青新娘回娘家	一把無命葉二錢王 母娘娘身上香三兩 甘露水泡身藥四斤蝦 子鬚上漿五只東海龍 人參果六只東海龍 王角吳蝗剛欣的梭羅 樹螞蝗肚內腸九兩 千年不化雪十斤霜 年瓦上精	（人化）蝶	蝶→彩虹
故事16	七尺紅綾牡丹	汗巾		小便叮咚聲			（裙化）白蝴蝶 （人化）青石	
故事17		手巾（紙筆）	偷把蕉葉受露水	小便叮咚聲		汗衣煎水	（衣化）白蝴蝶	
故事	繡桂	匕首	120對紐扣	和衣過河和	無花果紅皮柚子		（衣化）白蝴蝶 掩臉蟲	人→

故事										石→樹
18	雌雄蝴蝶仙（男女）玉麒麟（求婚）	花牡丹		偷把蕉葉承露水稱蹲著尿施肥	衣而睡耳洞蹲著尿	芙蓉船艄岸白鵝青蛙鴛鴦		蝶（人化白色鵝卵石）		石→樹
故事19			立界碑		打鴛鴦閃腰小腳	女娥黃雌鵝鴛鴦				
故事20			碗水（劍）							
故事26	雌雄蝴蝶仙（男女）玉麒麟（求婚）							（人化）蝶		
故事29		牡丹								
故事30		月季								
故事31		月月紅								
故事32		紅絹三尺	墨水							
故事33		七尺紅綾								

故事	月季						投胎作公豬公雞
故事34							
故事35	紅繡鞋				(人化)蝶		
故事36	青蓮子	薄紙竹牆					
故事37		紙糊帳	左腳上前行禮				
故事42					(人化)蝶		
故事45					(人化)蝶		
故事47					(人化)蝶		
故事49							投胎作公豬公雞
故事51	牛郎織女 女萬喜良 孟姜女 女梁山				(女化)白蛇(男化)青蛇		

	伯 祝英台 許仙 白素貞					
故事56			(人化)蝶			
故事63				牡丹鴛鴦土地公婆水影		
故事64			鴛鴦			
故事65			(女化)白蛇(男化)青蛇			
故事69					偷把蕉葉淋露水	
故事70				戴花彩蝶成對照鏡童永七仙女	膽子小	
故事72		馬郎魚				
故事74			(女化)白蝴蝶(男化)黃蝴蝶			

故事78			彩蝶			(女化)黃蝶(男化)黑蝶
故事79				力氣小		
故事80						(人化)蝶　馬蘭花
故事83		竹籬		多層襪套　伴稱染上濕氣		
故事84	金童玉女小伙計小姐					(男化)蚤子草(女化)蠶繭
故事85						(人化)蝶(女化)喜鵲(男化)稻草把　鷹　人→喜鵲→鼠→蟲/人→鷹→蛇→蒼蠅

								石→杉苗／石→竹苗
故事86						(裙化)映山紅		
故事87						(人化)蝶(人化)石		石→杉苗／石→竹苗
故事88					裙帶煎水	(裙化)草花蛇		
故事89							馬郎魚	
故事91						(裙化)花蛾子		
故事93	魏奎元藍玉蓮王三公子玉堂春	一文二只二紅綾子撕兩半壓豬槽	佯稱扣子二百多個	和衣而睡三年三寸金蓮 黃狗鵝籬小腳摘瓜			螞蟻	
故事94						(女化)黃蝶(男)		

故事										
故事95								(人化)玉帶鳳蝶		化褐蝶
故事96		三尺六寸布三尺六寸紅綾綢	盆水(抄字)	衣有三十六個同心結七十二個馬披環	脫衣裳	牡丹	三寸太陽光兩師公趾腳螞蟥骨頭半斤(三寸太陽光四兩師公趾腳丫垢螞蟥骨娘娘腳頭要半斤)	(衣化)蝶	獨目雕	
故事97								(人化)蝶	馬蘭花	
故事98	金童玉女			耳環摸露小腳		瞞花		蝶		
故事99		鍋壯丹	布圍(筆墨)					(人化)蝶	沙沙蟲	
故事100								(人化)蝶		
故事102	金童玉女	紅裙溝壑	半碗水(管讀書用紙)	伴稱蹲著屙尿不臭伴稱運道不好裝成女兒奶大	蹲著屙尿耳墜屎窟稱大			(裙化)蝶(人化)石卵	投胎成豬獅	人→石→杉/竹

故事		做宰相					人→石→杉/竹
故事103					(人化)蝶(人化)石		人→石→杉/竹
故事104		佯稱父母將褲底點胭脂巧計使男子蹲著小便	褲底染紅印蹲著小便		(褲化)映山紅(人化)蝶		
故事105	金童玉女范杞良孟姜女許仙白娘子						
故事106					(人化)蝶	馬蘭花	
故事108		佯稱衣有一扣二十百洗澡在上游	不爬樹不脫內衣蹲著小便	石磨鴛鴦	(人化)鴛鴦		
故事109	盆花 白毛巾(全班上課用的紙筆)	設計讓男子蹲著小便			(衣化)蝶		

故事		磚(挨打)	氣力小	鵝木匠打花轎		(人化)蝶	馬蘭花	
故事110						(人化)蝶		
故事111	童男童女魏彥蘭瑞蓮					(人化)蝶		
故事112						(人化)蝶(人化)桑樹		人→鳥→鼠→蠱／人→鷹→蛇→蒼蠅
故事113				睡漁衣		(衫角化)蝶	馬蘭花	
故事117		碗水	伴稱撒尿射天神蹲著撒尿正經人使蹲姿小解伴稱父母之肉稱父母不可露換			(杉角化)蝶(人化)石(一對)		石→竹→天虹

故事119		衣不脫光衣物使人如法換衣以露水打溼漁衣		(人化)蝶	
故事120	碗水(三斤蚊子乾)	蹲著同尿才聰明 蹲著小便換衣不露體		(裙化)蝶(人化)白石	人→石→竹→虹(紅色男化青色女化)
故事121				(裙化)蝶	
故事122	百日紅花				
故事124	手巾(買紙筆油)			(人化)大鳳蝶	
故事125	偷將蕉葉受露水 小便丁東聲		汗衣煎水	(人化)白蝴蝶	

故事126					蝴蝶竹竿打瓜黃狗白鵝沙木鈎担柏木桶	(人化)花蝴蝶
故事127	圓仔花	包巾(送人紙筆)	設計男子蹲著小便	蹲著小便		(人化)蝶
故事128		碗水(罰鏡)	佯稱舊迷信穿耳洞可長命	耳環痕		(人化)蝶(男化)紅虹(女化)藍虹
故事130					水影	彩蝶
故事133	侍童侍女					
故事134	仙鶴爐台					蝶
故事135				蜜蜂屁股蟶螂腰走起路來扭呀繞面孔生得白篤篤兩條細眉毛十個指頭		

故事138			尖又尖說話 女聲調		(人化)蝶(人化)白衣菩薩
故事139			扔石細腰閃	界牌	女娥黃雌鵝鴛鴦
故事141			引開別人獨自脫衣過河	書箱盆水	老龍頭上角嘘蟲蟲頭上漿　鵝雞雁
故事142	金童玉女		女人磕頭右膝先跪		(裙化)蝶
故事145			腰細手指長臉面粉薄胸膛高縫洗洗鋪床疊被燒火做飯		蟲蟆肚洲船桅湯路橋配套芝麻沾豆腐蘿卜糠心鹽鹹糖甜甜辣辣椒黃蓮苦
故事146			假稱怕水而不同人玩水	隔水	姜子牙背姜婆
故事147				碗水	(人化)蝶
故事				碗水	鴨子　(人化)

								蝶
148								大黑（人化）蝶
民歌2	魏士秀蘭氏		界牌（四十大板）		綠綾子汗巾三寸金蓮	花與蜂狗櫻桃禽鵝井與勾担葦子裡裹腳姜公背姜婆		（男化）黃蝴蝶（女化）花蝴蝶
民歌3	張家李家	紅綾九尺牡丹花	籠和箱	伴稱三百紐絲六十扣	不脫衣女花香胸前雙大奶	石榴土地公婆鵝	東海青龍角南山鳳鳳肝金雞腳下爪蚊蟲眼內漿仙人手指甲仙女帶內漿水雷公電母光千年不溶雪萬年不溶糟	（裙化）蝶
民歌6				伴稱衣有千百結				
民歌7				伴稱脫衣渡江雖對天地失禮海龍皇		石榴玉芙蓉雌鵝叫哥哥螗蟆青松白鶴戲青簽花人廟堂抽簽求卦同陰陽過江何以不脫衣裳打漁船與岸		
民歌8			隔板	伴稱深居庭院少挨晒人粉紅聲音好	皮肉細嫩臉			

民歌9		間也有男人 吐女驚男人 幼大當大官 蛟龍見開衫 就走開扣子 有一百有畜生 對只有畜生 站著拉尿帶 對筒藏在身 對筒尉水標 得遠半夜拿 出蕉葉淋露 水蕉葉青人 糞別人	比黃鶯胸標 鼓又脹裡面 穿花衫和衣 而睡蹲著小 便	
民歌10		狂風吹衣露 出女兒妝	戴花人觀音堂前 拜花花堂母鵝隨後 叫哥哥夫拉妻子 橋上走你我好比 鴛鴦鳥死人你是 男來我是女 鵝鴛鴦	蝶

民歌								
民歌12							(人化)蝶	
民歌13	金童玉女	紅羅牡丹			石榴			
民歌14			手巾(紙三千張)	和衣而睡			(人化)蝶(人化石卵)	石→杉樹/紫竹/石→毛竹笋
民歌16			柏和箱	三百扭扣衣	石榴土地公婆西瓜鵝魚蓮花船岸	東海老龍麟一片人 參一斤天河水鳳凰 毛一兩北斗星一盆 九天麒麟心一具六 月雪一斤仙鶴大眼 晴一兩夜月一輪犀 牛望月月光鱉魚腰 一個籠宮土一寸炎 天瓦上冰一兩月宮 桂一根鳥蟲小眼睛 一對螞蟥骨一斤靈 芝草一兩孔雀翅一 斤千年酒一罐萬萬年	(裙化)蝶	

編號	A	B	C	D	E	F
民歌17	牡丹鴛鴦	姜一斤仙女背上筋一兩王母桃一林竹林窗內一女子 東海龍王角王母身上香千年陳壁土萬年瓦上霜陽雀蛋一對蝙蝠酒一缸觀音淨瓶水雷公肚肉漿金童來熬藥玉女送茶湯	（人化）蝶			
民歌18	鴛鴦石榴	十全大補湯			紅綾九尺牡丹花	
民歌19	燕杜仲樹	七月白霜	寶珠→釵 辣椒→蝴花→蝶 裙帶→豆莢、人→龍	繡鞋		龍→竹→青煙→彩虹
民歌20	鴛鴦	雷公指甲黃蟻心肝三分仙桃東海水霧	（裙化）蝶（人		絲線（紙三千聯）	

民歌21	畫綠(挨刀楊)	百二對衣扣耳洞	石榴藕子牡丹與蜜蜂玉蘭花檳榔拜菩薩鳳流似他人樣白鶴無花果柚子鴛鴦船靠岸	二三兩天堂內裏水月內拿些羅藥三兩龍肉拿些羅藥白蟻骨頭二三兩深山鳳凰蛋白鶴肚腸干三兩	化石蛋(男化)杉樹柴(女化)毛竹筒	白石→樹
民歌22	四碗清水(四十竹皮)	同心結二十四衣扣十二雙	石榴鴛鴦神靈少媒人打魚船靠岸	仙翁手指甲玉女金蓮掌金雞賓上血龍鳳肚心肝閻王身上汗胃雷婆奶一碗半天雲上水老虎頭上汗龍井水洗身麒麟皮鋪床	蝶(化)人化白石	
民歌23			天鵝鴛鴦金鯉魚	東海王龍角西山鳳鳳肝黃龍頭上膽青龍背上漿生人膽一個萬年屋上精觀音淨池水王母半腦漿南海池中水雷公腦中漿		
民歌			石榴橋與欄杆魚	龍王角梭羅茵甘露	鴛鴦(人化)	

編號				藥方	人化	變化
24			兒白鴿神靈少媒人			
民歌26		碗水扁担上放	鴛鴦井水茶花白鶴土地公婆	水泡藥峨嵋月雷公槳鳳凰來打湯與奴煎肝腸千年等萬年精王母身上香仙桃　金雞腳露水獅子肝鰲魚尾上毛麒麟膽母虎奶蚊眼睛黃蜂骨白檀香青龍鬚幾根千年瓦上精十寶湯夜明珠王龍碗	(人化)石獅	石獅→楊柳→鴛鴦
民歌27(15)		金童玉女女				
民歌28		牛郎織女女			(人化)花蝴蝶	
民歌29					(人化)花蝴蝶	
民歌30	假稱扮觀音 目環痕 留此痕				(人化)花	
民歌31			鴛鴦拜堂			
民歌		金童玉女			(人化)	

編號		
32　女	花蝴蝶	
民歌34(挖)　金童玉女		
民歌35	(八化)蝶	
民歌36		白石榴鳳凰戴花 人竹竿做門宿杆 花桁門符留我鑽 菱角花對花角對 角木匠打對花角對 與提水桶大紅杜 丹白鶴嫩娀藕 蓮打魚船木像
民歌37		竹竿瓜狗白鵝沙 木鉤担柏木桶
民歌38	(八化)蝶	
民歌40　金童玉女	(八化)蝶	井中男女雙影
民歌41		東海龍王角王母香 千年土萬年稻陽雀

編號							
民歌47	仙女						
民歌48	牡丹				牡丹牛郎織女拜堂		(八化)蝶
民歌49(道情)	金童玉女牛郎織女(二世)／烏菱		伴稱扮觀音 伴稱有胃病	蜜蜂屁股蜒蜋腰柳葉眉耳環痕蹲著小便右腳踏進門	牡丹花鴛鴦鳥拜堂	蛋一對蝦子將靈芝草蟶蠣腸金童來煮藥玉女送藥湯	(頭巾化)紅蝴蝶(袖化)黑蝴蝶
民歌50	金童玉女						
民歌51					石榴青麻愛黃花		
民歌52							蝴蝶
民歌56	金童玉女	四碗涼水定四方(打四十竹片)伴稱蹲姿小	和衣而眠二十四柳絲對丁香奶不針有十二雙與他人洗澡		石榴井中好谷額鴛鴦魚舩就岸水浸龍門丁字口將浸到卬口字旁	東海龍王角西山鳳王肝麒麟頭上殼白鴿背上嫌千年貓兒膽萬年瓦上霜玉皇	鴛鴦

民歌 57	拉線畫	解敬天地低 身出便是仙 郎有福之人 奶子大無福 之人無奶盤 男人奶泰官 做女人奶泰 守空房		淨瓶水王母盤藤榔 金童來熬藥王女捧 茶湯	
民歌 58					清風蝴 蝶星月
民歌 59					鴛鴦
民歌 60					鴛鴦
民歌 67					蝴蝶
民歌 68					蝶
民歌					（八化） 虹（裙 化）雙蝶
		佯稱從小有	打鴛鴦露乳	千年精萬年精蒼蠅	白石

					→兩桁龍樹(成理連枝)
			淚雷公火老人奶蚊子腦隨青龍骨鳳凰肝水蛭助骨蚯蚓牙齒日光月影		
69	病瘇不解衣提議學生小解至爲坐姿免致牆倒	被人識破			
民歌71			鳳凰成雙我媽是你親奶奶木桶井繩纏轆轤死人狗三寸金蓮我是你的婆婆你是我的漢戴花人是鵝叫哥司你是男來我是女		
雜曲2			脫下繡鞋		
雜曲4	故意寫反字要人返回問師待人離去始渡河	繡鞋	一對書生一對斑鳩樵夫牡丹龍爪花大西瓜野草花芙蓉桂花石榴鵝反寫女字露出繡鞋		
歌曲			水影堂前作對拜		

			觀音			
8					蝶	
歌曲9	牛郎織女					
歌曲12	牡丹					
鼓詞1				東海蒼龍膽山東鳳凰陽鼉鼍峨頭上血中蚊子眼中光仙女帶頭香金雞甲仙女帶頭香金雞腳下爪黃龍背上鱗三十三天兩雷公明電光	（褶化）蝶	
鼓詞2	周氏子 趙家女（男女） 馬家子（求婚）		磨兒石榴井中好容顏神聖少一爐人香神人少分解人魚兒牡丹鴛鴦鵓鴣	東海龍王角王母身上香千年陳陽壁土萬年瓦上霜陽雀蛋一對蟠桃酒缸觀音瓶水六月降寒精金童來煎藥玉女送茶湯	（褶化）蝶	菁煙紅煙→虹
鼓詞3	紅綾三尺月月紅 紙箱（七篇好文章）	杭粉跡敘寰印		斑嶋牡丹龍爪花大西瓜石榴鵝反二郎胡鬚五十根王字紅繡鞋船和尚還俗娶俏俊生男母娘娘擦臉粉玉皇	（褶化）蝶	

		生女叫你爹來叫我娘金童玉女雁王趙家童吊桶與繩	戴的舊冠巾龍王筆毛三兩鳳凰心一兩靈芝草觀音瓶水三盃			菁煙紅煙→虹
鼓詞4	周氏子趙家女（上畫子）黑煞神淨池月德星周氏子趙家女（男女）馬家子（求婚）					
鼓詞5		石榴玫杯一陰一陽鴛鴦白鵝打魚船與岸	王母頭髮東海龍舌三尺長半天老鴉鳳尾半盞南海鳳凰尾一根麒麟背上甲三片海馬項上鬚數錢蜻蜓蚯鼻胃一分半王曦	蝴（裙化）蝶		

鼓詞6	金童玉女郭華王月英韋郎保賈玉珍	紅綾三尺月月紅	紙箱(罰)七遍文章	佯稱粉粉昭君	睡不脫衣右腳進門女裙釵大乳胸前寫字走路說話臉有梳粉跡耳洞打秋千蹲下尿尿不同人洗澡白綾一點紅	一對鷺鷥斑鳩樵夫牡丹龍爪花大西瓜野草花石榴鵝反寫女字金露繡鞋船大子金童玉女拜堂一對雁吊桶與繩縛死人	腳筋二分月裏桂花葉七片洞里仙桃核半斤天上雷公手指甲冥中間王腳後筋老君煉丹爐一個天河水一盏 (裙化) 狂風三四兩太陽子半斤孫猴毛一大把二郎胡鬚五十根王母娘娘擦面粉玉皇戴的鬐頭巾龍王鬍子三四兩鳳凰心一兩靈芝草觀音瓶水三盏 (化)花蝴蝶 (化)白鶴
鼓詞7						蓮花並蒂水鳥雙飛	(人化)石
鼓詞8							(人化)蝶
鼓詞9						鮮花菓棵竹竿鳳凰石榴西瓜櫻桃小狗鵝青絲繡花	石人化 石 石→鴛鴦

								馬苓草（男化）
鼓詞10					鞋蒜蔥木匠死人木桶		（男化）花化蝶（女化）紅蝶	
大鼓書1		界格		氣力小	英桃鵝芝蔴石榴姜公背姜婆樵夫鴛鴦同學有梧桐狗			
彈詞1		牡丹		奶有峰六月不脫衣解手蹲身力氣小	鴛鴦栀子結同心石榴神道一陰一陽少媒人仙桃白船打魚船阮不識仙姫牛織女郎牽牛三三天織女星	東海耆龍膽五色鳳凰腸蠶娥頭上血蚊子眼精光八仙中指甲王母殿中香金雞足上爪蒼蠅頂上毛三十三天雨風雷電閃光	（男化）白衣黑點蝶（女化）白點黃衣蝶	
彈詞2		楊柳枝			織女會牛郎		（化）蝶	
彈詞3							（化）蝶	
彈詞4					牡丹鴛鴦			

彈詞5					(人化)蝶
彈詞6					(人化)蝶/彩虹
彈詞7				牡丹鴛鴦	
彈詞9			白胸膛		
福州平話1				王母頭髮東海龍鬚三尺長半天老鴰尿一盃南海屏中水一杯麒麟脊上甲三片海馬頂上數條鬃嘴蝴鼻骨一分半黃蜂腳筋重一分月裡桂權葉七片洞裡仙桃核半斤冥中天上雷公手指甲冥中閻王腳底筋老君煉丹爐一個天河水一鐘	(紹化)蝶
福州平話	楊柳枝紅	線(紙三刀)	佯稱男人乳高為宰相	胸前兩乳	石榴水影鴛鴦白鵝討魚船 (紹化)蝶/人

	帕				(化)
2					
木魚書1	牡丹七尺紅羅	奶大肚上寫文章六月不脫衣睡蕉葉打鴛鴦讀書聲細細肉軟奶大眉彎細	白石榴大簟蚨水影牛白鶴嫩藕蓮船花戴花人打魚船與岸佛大男細女去燒香裝杯一陰陽	千年狗尾草蕃番塔頂斗狗屎干神仙指甲八十婆婆奶汁萬丈深潭龍脊骨雷公腦上漿老虎額頭三點汗千年飛禽老鴉王海上千年魚兒保番貓膏炒湯	(裙帶化)蝶
木魚書2			帶花人白石榴白鶴嫩蚨嫩藕蓮船與岸井中水影笑雕佛少一媒娘姿杯一陰一陽		
木魚書4			鳳凰鮮花竹竿菱角溝橋木匠水影牡丹花石榴蓮船蚨嫩藕蓮漁船與岸泥雕佛少一媒娘黃牛		(衣化)蝶
木魚書5	牡丹七尺	巧計使人蹲姿小解 奶大肚上寫文章夏日不	大簟蚨玉芙蓉大黃牛白鶴藕絲打	千年爛屋草花塔頂頭狗屎干神仙指甲	(鞋化)(裙)孤雁

	紅羅	硯	脫衣睡蕉葉	魚船與岸神像		化蝶
木魚書6	紅羅丹桂	硯（罰白米頭三石好酒四埕）	條衣三百六十鈕過河不脫衣挨上有乳睡蕉葉尿尿高低不同人洗澡		八十婆婆奶汁萬丈深潭龍脊骨雷公腦上漿老虎額頭一點汗千年飛鼠裝蚊囊海上千年水鬼屎香猫骨炒湯	化蝶（裙帶化）蛇
寶卷1	牡丹				東海養龍膽五色鳳凰眼八仙中指蚊蟲眼精正金雞爪蒼蠅頭上毛蠶蛾頭上血王母殿上香三十三天雨風雷電閃光	（裙化）蝶（人化）石白衣黑點蝶（男化）白點黃衣蝶（女化）
寶卷2	牡丹 仙童（插香童子）玉女		胸前兩乳解手蹲倒六月衣衫不脫		東海龍肺肝五色鳳凰腸蠶蛾頭上血蚊子眼睛睚八仙中指甲五姥殿上香金雞	白衣黑點蝶（男化）白點黃衣蝶

	牡丹		胸前乳熱天不覺衣解手蹲姿氣力小	石榴神靈駕鴦仙桃白弓船與岸牛郎織女	腳上爪着蠅頭上毛三十三天兩雷公電閃光（女化）
					東海老龍膽五色鳳鳳腸蠶蛾頭上血蚊子眼精睚八仙上郎金雞甲皇母殿上郎金雞堂腳上爪玉兔兩胸雨雷電三十三天兩風雷電閃光（男化）白衣黑點蝶（女化）黃衣蝶
寶卷3					
寶卷4	金童玉女郭華郎保			牡丹	（裙化）蝶
寶卷5	牛郎織女	三尺紅綾	紙箱	鴛鴦蓮花倒字	（人化）蝶
			女人音花粉跡兩耳眼移步不過一寸不解衣襟胸前兩乳衣襟白綾衣襟有月經不洗澡		
寶卷6		牡丹		夏天不脫衣胸前兩高墩	白衣黑點蝶（男）
				東海龍膽鳳凰眼西洋蚊蟲眼仙仁八仙	

出處						
寶卷7		牡丹	小便蹲姿力小		牙鬚井指招金雞腳爪獅肺心鼉蛾頭上三點血石人濱蓋曲鱔筋	化白點 黃衣蝶(女化)
寶卷8	水碗		小解不許同行奶大不覓衣蹲著小解力氣小			(男化)白衣黑點蝶(女化白點黃衣蝶)
四川清音4			下水不脫靴	磨兒石榴戴花花 蛇照影牛郎織女 白鶴藤纏樹水鵝		
四川花鼓4				石榴磨兒		
四川花鼓5					東海龍王角萬年瓦上霜千年陳壁土蝦子頭上漿陽雀蛋一對螞蝗肚內腸	
河南	界牌(二)		過鬥右當先	芍藥牡丹牛郎織		(男化)花椒蝴

曲種						蝶
墜子 1	十介尺	身小力薄不脫衣	女星小狗葡萄石榴木桶箱瓜果白鵝死人水影		白蝴蝶（女化）花蝴蝶	蝶
河南墜子 2			狗葡萄公鵝母鵝葦子棵裡裏腳正稼木匠張公背張婆脫襪巾照水影			
大調曲子 1	界牌		張公張婆元梅良玉花朵蝴蝶白鵝柏木桶桑木棍泥塑	東海龍王骨蟠桃會美酒坐樽血中棱羅樹螞蟻半斤六月嚴霜降千年老人心觀音瓶中水太陽定辰針南海靈芝草麒麟肉三斤	（男化）黃蝴蝶（女化）花蝴蝶	黑蝴蝶
山東琴書 1			鴛鴦照影白牡丹金童玉女和尚尼姑鵝			
山東琴書 2			白牡丹			
山東琴書 3			鴛鴦水影白牡丹金童玉女鵝			

序號	描述	氣力	道具	蝶
6				
山東琴書7	大哥掌官印我做官娘娘葡萄竹杆拜花堂木匠			
山東琴書9			界方	蝶
山東琴書12	鴛鴦照井影牡丹金童玉女和尚尼姑鵝			
山東琴書13	鳳冠霞帔葡萄小狗			
山東琴書15	紅芍藥白牡丹	氣力小	界牌（打四十）戒尺	
山東琴書16	井蒂蓮女嬌娥織女牛郎狀元狀元娘戴花人竹簪葡萄白鵝繡花鞋公公婆婆薺菜女婿瓜小狗木匠生		界牌（金磚）（打四十）戒尺	（人化）蝶

豫東琴書1		界牌	氣力小	兒叫你爹叫我娘 牡丹露繡鞋姜子 牙背姜婆		
清曲1			不脫衣露出 雙峰腰身如 楊柳	織女牛郎鳳凰花 竹竿篙子棵瓜小 狗木桶箱牡丹姜 子牙背姜婆	黑蝴蝶 (男化) 花蝴蝶 (女化) (人化) 蝶	馬連草
蓮花落1				斑鳩楊楊柳夾棵桃 牡丹龍爪花爪西瓜 鵝打魚船反字花 鞋石榴狗反字土地 公婆死人	(人化) 蝶	
揚州清曲1				斑鳩樵夫牡丹龍 爪花鹿野草花石 榴鵝漁船和尚金 童玉女雁吊桶死 人		
錦歌3				六月精金盆頭上釵 龍肝鳳髓湯		
錦歌				鴛鴦		

4									
歌仔冊1	金童玉女	七尺紅羅牡丹	汗巾(罰紙筆)	巧計使男子蹲著小便	女人步小女人尿聲小	插花駕鴦文君對相如脫羅衣	六月霜金雞頭上髓龍肝鳳腸	(人化)蝶(人化青石)		青石→杉竹
歌仔冊2(1~6)							六月眉頂精龍頭金雞頭生髓貓腱水圭毛剪三寸褲帶做藥茶	(人化)蝴蝶(人化青石)		青石→杉竹
歌仔冊3		紅羅牡丹			穿衣過河和依而眠	五色鴛鴦鳳小娘	仙人手指甲玉女帶頭香象牙並龍骨深山老蛇鱗金雞腳下爪深林老虎尿半天密婆屎雷公電母光三年屋上雪三年瓦上霜	(裙化)蝶(人化)鴛鴦		
歌仔冊4(1~2)	金童玉女(燈猴成精)	七尺綾羅牡丹	汗巾(罰紙筆)	巧計使男子蹲著小便		插花鴛鴦昭君漢王鴛鴦張拱姜女杞卽文君相如獻出二粒乳	六月暑天霜正月樹梅香金雞頭上髓鳳肝龍腸腹腸仙查來煎湯貓貓腱水圭毛半天覓菜篇鳳固尾雛毛蟹腸子卜參血龍肝鳳髓	(人化)蝴蝶(人化青石)		青石→杉竹

歌仔冊	金童玉女	牡丹/綾羅	汗巾	事件	詩句(一)	詩句(二)	化蝶
歌仔冊5	金童玉女	七尺紅綾牡丹	汗巾(罰紙筆)	巧計使男子蹲姿小解	插花鴛鴦昭君漢王鴛鴦張生姜女杞郎文君相如蘸出二粒乳	六月暑天精正月樹梅香金雞腸仙蛋煎肝龍腹上髓鳳來湯貓貓髓水羔毛	(入化)蝶
歌仔冊6	金童玉女	牡丹	汗巾		鴛鴦牡丹結翁婆水影神道		(入化)蝶
歌仔冊7(1~2)							
歌仔冊8							
歌仔冊9						暑天六月精貓健水羔毛半天覓葉篇鳳鳳個尾錐毛蟹腸子卜參血龍肝鳳髓	
歌仔冊10(1~13)		牡丹綾羅	汗巾(罰紙筆)	生成恰幼秀胸前結二榴面肉生成恰幼行路手骨有恰春坐落腳無展展開廣	淑女君子喻夫妻牡丹黃蜂尾蝶花木成對捕花鴛鴦胸前大乳招君漢王雪梅商林獻出三寸金蓮胸前雞	天頂六月精貓健水蛙毛龍肝腸肚腸金雞頭頂髓鳳鳳蛋配粥庠帶三寸煎水	

歌仔冊	金童玉女	七尺綾羅牡丹	汗巾(罰)紙筆	巧計	話手春春女步幼腳腳倉位／女步幼聽放尿	公雞母		(人化)青石
歌仔冊11(1~11)			汗巾(罰)紙筆		話手春春女步幼腳腳倉位　女步幼聽放尿	淑女君子喻夫妻 插花鴛鴦獻胸前 大孔招君漢王雪 梅商林劉備孫環 漢文白蛇金姑重 永仙姑獻出三寸金蓮		(人化)青石
歌仔冊12(1~55)		七尺綾羅牡丹	汗巾(腰)(罰)紙筆	巧計使人造廁	蹲著小便和衣而眠	君子好求北比夫妻 雞母雞角花木成 雙插玉蘭花鴛鴦 交頸獻三寸金蓮獻乳	褲帶煎水	
歌仔冊13(1~55)		七尺綾羅牡丹	汗巾(腰巾)(罰)紙筆	巧計使人造廁	蹲著小便和衣而眠	淑女君子牽手雞 母雞角比某獻 寸金蓮獻乳	褲帶煎水	
歌仔冊14					聲音行踏胸前			
歌仔冊	金童玉女			巧計使男人用尿桶	女步幼胸前 二粒榴廣話		天頂六月霜貓踏水 蛙毛龍肝鳳腹腸金	

17(1~4)		手春春行踏雙手垂坐落腳無開		雞頭鳳髓鳳凰蛋配粥補帶三寸煎水		
歌仔冊18		坐落腳無開胸前結二留查某廣話手春春女步幼				
歌仔冊20	七尺綾羅牡丹					
湖北小曲1			欄杆與橋白鴿魚兒神靈少媒人石榴	龍王角核羅樹閣甘露來泡藥蛾眉月雷公鬚鳳凰來打湯千年雪萬年精王母身上香仙桃		
三弦書1		氣力小	插花現三寸金蓮蜜蜂花蜜狗黃櫻桃死人鵝井與木桶妻公肯姜婆		界牌	
竹板歌1		涉水不脫衣睡不脫耳洞大針線耳洞大	樵夫石榴牡丹鴛鴦雙鵝白鶴惡狗黃泥崗死人			（女化）花蝴蝶（男化）白蝴蝶（人化）蝶

竹板歌2	牆（蚊子膏三斤紙錢灰十缸鳳鳳鳥百隻虎皮一千張）	乳房小便蹲著		仙人手指甲玉女頭上香天河水雷公腦上漿東海龍王骨西山鳳凰陽千年樹上筆萬年瓦上精媧娥肚中血金雞肚內腸	（衣化）蝶
潮州說唱1	紅羅七尺牡丹花	千百結衣	白鶴石榴畫眉白蓮		蝶
潮州說唱2			石榴白鶴鴛鴦	六月霜金雞頭上冠龍鳳湯	（人化）蝶
湖南三棒鼓3	紅綾		鴛鴦神像石榴		
跳三鼓2			金童玉女		
京韻		環痕	鴛鴦照影拜堂金		蝶

							蝶	
大鼓 1								
十番八樂 5	衾枕分界							
仪唱 1			喜鵲樵夫紅牡丹 駕鴦鵝牛郎織女 惡狗照影善才龍 女拜堂	童玉女				
南音 5	紅羅七尺牡丹							
常州唱春 1		佯稱廟會扮觀音	三寸足露女紅妝					
四川連廂 1			千年陳壁土萬年瓦 上糟陽雀蛋一對王 母身上香觀音淨瓶 水蟠桃酒一缸金童 來熬藥玉女來捧茶	狗				
寧夏小曲								

4					
寧夏小曲6	鳳凰樵夫油蜂狗櫻桃兩桶水母牛追公牛鵝西瓜白菜土地堂				
東北二人轉2	樵夫				
明傳奇1	白鶴漁船				
明傳奇2	石榴水影白鶴土主公娘金聖姿鴛鴦白鵝 石榴				
明傳奇3		紅羅七尺牡丹			
明傳奇4	石榴水影白鶴神明鴛鴦白鵝打魚船	睡不去裡衣不脫衣而臥			
明傳奇5	白鶴石榴古廟鴛鴦姹嫋淑女君子好逑阮肇劉晨遇	不立地而解出恭入敬大不脫衣而臥			

明傳奇6			異眾生恍若女形十指尖氣冥清濁耳洞摸	仙姬	
明傳奇7	紅羅七尺牡丹	一本書(罰銀三分買紙公眾用)	膊著解手	詩經關睢斑鳩彩鳳阮筆劉長遇仙姬	
明傳奇8			長夜和衣寢眼時體不拈身出恭入敬大異眾生尖指耳穿洞恍若女形	白鶴榴土地公婆鴛鴦 牆頭石榴廟裡神青松白鶴池內鴛鴦紅蓮天台採藥	
明傳奇9	紅羅七尺牡丹			牆角石榴廟裡神青松白鶴	
明傳奇10	紅羅七尺			牆頭石榴廟裡神青松白鶴池內鴛鴦	

明傳奇 12	牡丹		舊天台采藥紅蓮　並蒂詩經關雎　牆頭石榴廟裡神　菁松白鶴		
明傳奇 13	紅羅七尺　牡丹			睡不解衣	
雜劇 1	紅羅七尺		小狗鵝出繡鞋瓜　水桶		
拉場戲 3	金童玉女		麒麟繡鞋石榴毛　桃小狗木匠打瓜　木桶水影死人神　靈鵝裏腳		
洪洞戲 1			兩株槐對對夫妻　兩盞燈打瓜石榴　死人厰生奶奶星　星草你多是俺公　公相公背老婆木　匠鵝		
定縣秧歌劇 1		金磚（挨打）			

京劇1	七尺紅綾			魚兒鴛鴦金童玉女水影合棺雙碑	青絲	
京劇2						(人化)蝶
京劇7						蝶
京劇8				魚兒鴛鴦金童玉女		(人化)蝶
京劇10		伴稱扮觀音	耳環痕	樵夫鴛鴦水影拜堂		(人化)蝶
寧波戲1				鬥神笑我一男一女不成雙牛郎織女石榴黃花與蜜蜂鵝死人西瓜船露奶		
灘簧1	三尺紅綾	紙箱(責打)	女人音走路態臉上花粉痕睡不脫衣胸前高			
越劇1	金童玉女					

越劇6			樵夫牡丹鴛鴦織女牛郎黃犬照影拜堂		
越劇7		耳環痕	喜鵲樵夫芍藥牡丹鴛鴦白鵝牛郎織女黃狗一男一女和尚與尼姑送子觀音都雙雙拜堂		(衣襟化、人化)蝶
越劇8		耳環痕	喜鵲樵夫芍藥牡丹鴛鴦白鵝牛郎織女黃狗水影拜堂		(人化)蝶
越劇9	花	耳環痕	關睢篇		
越劇10					(衣化)(人化)蝶
越劇11					(衣化)(人化)蝶
越劇14			和尚尼姑		

越劇 22		梅喜鵲鴛鴦	
越劇 23		梅喜鵲鴛鴦	
越劇 24			石榴
越劇 25	(入化)蝶紅者為深黑者為祝		
越劇 26	(入化)蝶		
越劇 27		喜鵲雞鵝鴛鴦貓牛郎織女妻小	
越劇 28		喜鵲雞鵝貓妻子	
越劇 34		耳環痕	
越劇 40		牡丹芍藥鴛鴦牛郎織女	
越劇 41		鴛鴦牛郎織女	

越劇42		(人化)蝶					
越劇43		蝶		駕鴦水影觀音堂拜堂			
紹興文戲1				百鳥斑鳩樵夫牡丹龍爪花大西瓜野草花霍定金女扮男裝鵝杭州改書石榴鵝反字繡鞋船碰岸白桃尼黃狗和尚娶竹姑你找來拜堂雙雁水影陰一陽雙雁水影吊桶與繩死人			
和劇1						石榴	
晉劇1		(衣化)蝶		鵝牛郎織女水影拜花堂死人			
晉劇2					耳環痕		
晉劇3		蝶					

劇種						
江淮劇 1				槐七十二學生中有個女裙釵樵夫牡丹女字反鞋抹胸鵝大字花鞋抹胸土地公婆和尚娶妻生男生女喊你爹喊我娘我娘打成組子結西瓜		
閩劇 1	春羅花	碗水(罰個工)	補衣	大蟛蜞蝶鴛鴦船與岸	(裙化)蝶	
閩劇 2	紅羅牡丹			牡丹鴛鴦白鵝金童玉女		
閩劇 3	紅羅牡丹			石榴百花水影架杯一陰一陽王母娘娘少一引人夫容駕鴛白鵝船與岸		
侗戲 1	牛郎織女 紅羅三尺三	涼水(罰打手掌)	女子花香不爬樹睡不脫衣打鴛鴦力氣小大乳房	麒麟賣花郎土地公土地娘鳥音水影鮮花正要開船與岸白鵝		青龍頭上角髓南山鳳凰肝腸山蚊蟲頭內腦漿黃土內螞蟻蟆肝膽高山上千年白雪瓦背上萬年寒

劇種						(人化)
豫劇 1				夫妻下拜紅繡鞋 木匠打嫁妝星星 草您爹是俺老公 公打瓜白衣奶奶 廟改裝裝學花媳婦 改裝扮石榴鵝	霜張閣老頭上白髮 八十婆娘奶水搽神 仙洞羊膏米酒濕土 內萬年生薑	
豫劇 2		銅盆水	打鴛鴦手軟 打水沒力	打瓜鵝奶奶學借 花衣裳咱學新人 拜花堂木匠打嫁 妝牛郎織女蝴蝶 桑木扁擔柏木桶		
豫劇 3			耳環痕	井中雙影觀音堂 上拜堂		(人化) 蝶
贛劇 1	紅綾 手帕					(人化) 蝶
贛劇 2	紅綾					(人化) 蝶
淮劇						

5 莆仙戲 1	紅羅三尺		四十九個紅絲鈕					
川劇 2	七尺紅綾		胸前妳派小解離房					
川劇 3				魚兒鴛鴦金童玉女鮮花水影鵲合棺而葬	東海龍王角蝦子頭上漿萬年陳壁土千年瓦上霜陽雀蛋一對螞蝗蟆肚內腸仙山靈芝草王母身上香觀音淨瓶水蟠桃酒一缸	(人化)鳥		
川劇 8					東海龍王角蝦子頭上漿萬年陳壁土千年瓦上霜陽雀蛋一對螞蝗蟆肚內腸仙山靈芝草王母身上香觀音觀瓶水蟠桃酒一缸			
川劇 9				牆內石榴廟內神青松白鶴				
川劇				白鶴石榴水影				

10					
川劇11	七尺紅綾		磨兒水影白鶴神聖樹纏藤石榴花蛇白花鵝	東海龍王角王母身上香千年陳楊壁土萬年瓦上霜楊雀蛋一對南海酒一紅觀音瓶內水鳳凰鼎上槳金童來煎藥玉女送茶湯	
川劇12		伴稱廟會扮觀音	耳環痕行動像女子聲音細碎		(八化)蝶
秦腔1			黃鶯魚兒鴛鴦水影白鵝牡丹狗黃狗金童玉女		(八化)蝶
秦腔2			牛郎織女黃狗和尚尼姑拜堂水影菩鵲樵夫牡丹花果樹鴛鴦鵲牛		
楚劇1	三尺紅綾				
楚劇2	紅綾				
楚劇			鳳冠霞佩石榴花		

3							
黃梅戲2(1~2)	金童玉女	七尺綾羅牡丹	籠和箱（打戒方）	佯稱三百黃絲扣	打棗子大乳房睡不脫衣耳環痕	與蜜蜂水影土地公婆西瓜樵夫夫鵝牛郎織女／鳳冠霞帔石榴西瓜符咒與貂嬋如來佛與觀音蜜蜂與蝴蜂土地公婆牛郎織女鯉魚鵝鴛鴦麒麟石榴水影	老龍頭上角鳳凰尾上獎蚊蟲肝和瞻螞蜈腹內腸無風自動草六月瓦上霜七仙姑娘頭上髮八十歲婆婆鮮奶漿千點陳臘酒萬年不老生薑
黃梅戲3			佯稱鄉俗當作女孩裝	耳環痕手細嫩		鳳求凰桃兒送子觀音送子與你我村姑與農夫溪水繞石流公鵝母鵝個不磨盤上扇轉個不停下扇紋絲不動	清風一兩天上兩片雲中秋三分月銀河四點星觀音瓶中五滴水王母頭上髮六根七枝仙山靈芝草龍王身上八條筋石頭人胸中九個膽膽泥菩薩懷裡十顆心
黃梅戲4			盡比女媧鍊絲女姬昭君蔡文姬耳環痕手細不九別			登門鳳求凰桃子送子觀音送子和我姑娘與小伙村姑與農夫磨	清風一兩天上兩片雲中秋三分月銀河四點星觀音瓶中五滴水王母頭上髮六

黃梅戲5	伴稱扮觀音	不洗澡耳環痕	子清水繞石白鵝	人看梳妝、進房只許牽手不攜手要離三尺耳環痕	樵夫鯉魚鴛鴦牡丹白鵝牛郎織女替金童玉女拜堂水影黃狗	東海龍王角蝦子頭上蝦萬年塵壁土千年瓦上糟陽雀蛋一對蝦蟆蚰肚內腸仙山靈芝草王母身上香觀音淨瓶水蟠桃酒一缸	根七枝仙山靈芝草龍王身上八條筋泥菩薩頭人九個膽十顆心懷裡
黃梅戲6	伴稱扮觀音	耳環痕縫衣不洗澡			樵夫鯉魚鴛鴦牡丹白鵝牛郎織女替金童玉女拜堂水影黃狗	東海龍王角蝦子頭上蝦萬年塵壁土千年瓦上糟陽雀蛋一對蝦蟆蚰肚內腸仙山靈芝草王母身上香觀音淨瓶水蟠桃酒一缸 （衣化）蝶
黃梅戲7						老龍頭上角鳳凰尾上濃尾蟆蚊蚊蟲肝和膽蟆蟆蚰腹內肝腸無

		風自動草六月炎天瓦上濃霜姑娘頭上髮八十歲的婆婆乳上的濃漿千年陳燒酒萬年老生薑									
黃梅戲9		魚游庄稼孤墳									
瓊劇1		駕鴦並肩牛郎織女過橋井中水影觀音前拜堂									
錫劇1			蝶								
錫劇2		喜鵲樵夫牡丹駕鴦白鵝牛郎織女									
揚劇3		牡丹									
揚劇4		樵夫兄弟拜堂									
揚劇5		樵夫兄弟拜堂									
滬劇1		水影陰陽顛倒出頭難蟠桃后拜與									

滬劇2			嫦娥、鴛鴦、龍、鳳、劉郎、尋舊跡、牛郎織女			
滇戲1	紅綾 牡丹		蓬頭土地公婆鴨	胸前奶大小解出房		
滇戲2			磨兒採花郎白鶴花蛇水影牛郎織女石榴鵝說良緣樹為媒			
			東海龍王角鳳凰頭上珠雲霄殿前土蟠桃酒一盞月中桂羅樹觀音普陀囑天河神魚肚麒麟身上肉王母香一柱老君八卦棍			（人化）
粵劇1			鴛鴦			
粵劇5	牡丹	碗水（罰寫一百篇字）	舊誤鴛鴦鳴烏槳船	補衣		
粵劇			白鵝牛郎織女水			

				影拜堂			蝶	
6 粵劇				粉蝶白鶴鴛鴦求 月老			(人化) 蝶	
7 粵劇				鳩聲				
9 粵劇				蜜蜂鴛鴦鳩鳥樓 船				
10 粵劇				鳥獸孤舟				
12 粵劇				鴛鴦情雁				
14 粵劇				蝴蝶成双並蒂蓮 雙游魚月下老人	撲蝶耳穿孔 眉纖細膚白洗 嫩不一同洗 澡補衣	佯稱幼時多 病故耳穿孔		
1 崑劇							(裙化) 蝶 北斗星七個南箕招 酒漿老子金丹藥織 女錦繡裝玉山雲一 片日月星三光銀河 無浪水孤雁樑哭泣淚 韓娥歌繞作文章 盂瞽	
1 南管				鴛鴦得桃	肚裙		汗巾 (罰 錢一百 文)	
南管								七尺

項目	服裝	道具（罰）	動作	故事／人物	食物	化	變化
2	紅羅牡丹						
歌仔戲1				樵夫鯉魚水影鴛鴦			
歌仔戲2	綾羅牡丹	汗巾（罰）紙筆	大乳蹲著小便	楊宗保木桂英插花鴛鴦	龍肝鳳腹腸金雞頭上髓空內水雌毛	蝶（人化）青石（人化）	
歌仔戲3		翰（罰）紙筆	大乳小便	楊宗寶木桂英丹花鴛鴦丹中胸前獻乳	龍肝鳳腹腸金雞頭上髓六月眉頂精空內水雞毛褲帶四五寸煎水	蝶（人化）化青石（人化）	青石→杉竹
歌仔戲4	綾羅七寸貳牡丹	汗巾（罰）紙筆	蹲著小便胸部看走路小便聲	換花楊宗寶木貴英插花鴛鴦文君胸前藏乳	褲帶煎水	蝶（人化）化青石（人化）	青石→杉竹
歌仔戲5	七尺紅羅牡丹	汗巾（罰）紙筆	看走路小便聲床中隔巾	換花鴛鴦獻出三寸金蓮獻乳	六月眉頂精猫卵水蛙毛鳳凰蛋龍肝鳳腹腸褲帶煎水	蝶（人化）化青石（人化）	青石→杉竹
歌仔戲6	紅羅牡丹	寒巾（罰）紙筆	乳看走路小便聲音	插花鴛鴦文君對上如獻乳	六月眉頂精猫卵水蛙毛金雞頭上髓龍肝鳳腹腸半天鶵鶘屁加走口占唯木虱	蝶（人化）化青石（人化）	

歌仔戲7		七尺紅羅牡丹	汗巾	說話行路放尿	楊宗保木桂英捕花籃駕鴛獻乳	腳大腿胛呻神蚊仔歸褲帶尺二煎水 六月曆頂精金雞頭上髓龍肝鳳鳳腸裙頭三寸二煎水	(人化)青石	青石→杉竹
歌仔戲8	金童玉女		搵巾(罰紙筆)	面細嫩看行路看胸前放尿擎放蹲	楊宗保與穆桂英捕花駕鴛與昭君與漢王同繡枕文君對相如獻二粒奶	六月曆頂精貓雞頭上髓雖水蛙毛金肝鳳腹腸褲帶二三寸煎水	(人化人化)青石	
歌仔戲9		紅羅牡丹	汗巾(罰紙筆)	巧計使男子蹲姿小解	蹲姿小便聽聲音走路汗巾為界放尿	捕花駕鴛昭君姜女雪梅文君對相如繡鞋前兩乳	貓雖水蛙毛龍肝肝鳳肚腸金雞頭頂髓鳳鳳蛋配粥褲帶煎水	(人化)蝶
歌仔戲10	金童玉女		汗巾(罰紙筆)包袱(四九銀心)	和衣過溪	樵夫鯉魚水影駕鴛蚌芍藥牡丹白鵝金童玉女拜堂	螞蟻肚內腸腸雀蛋一對千年瓦上精龍王角兩隻鳳凰血三湯匙觀音淨瓶水一滴萬年春蟠絲蟠桃酒一缸王母金爐香月宮丹桂樹	(裙化)蝶	
歌仔戲11					捕花駕鴛昭君漢文范蠡西施霸王	半天老鷹屁尼姑生囝衣石獅腹內血六樹	(人化)蝶	

歌仔戲13 女	牛郎織女			別姬文君相如獻出三寸金蓮露肚圍	月眉頂精龍肝腸海底鳳凰蛋猫頭水雞毛金雞皮天蝴蝶半髓	
歌仔戲14				鴛鴦		（人化）星
歌仔戲15		和衣睡		獻乳	褲頭燒灰	
歌仔戲16		穿衣涉水		比桃花比梁鴻孟光比昭君漢文帝比花木蘭比范蠡西施比文君相如	六月眉頂精龍肝腸腹腸峨眉千年靈芝草天頂蟠桃雲中央	
歌仔戲17				柴夫鯉魚水影鴛鴦杜丹白鶴替金童玉女拜堂		
廣播劇19	金童玉女					（人化）青石
彩調劇1		七尺紅綾		蝴蝶大田雞白鵝鴛鴦岸與船如水佛與觀音水影		（人化）蝶

			胸前大乳	鳥兒魚兒	褲帶		
海陸豐戲 1	月季花						
白字戲 1	紅羅七尺牡丹花						
青海平弦戲 1						蝶	
壯劇 1						石磨	一副石磨→兩顆星
五調腔 1		界牌	不洗浴	紅襪			
盧劇 4				萱鵲		石磨	
鄉劇 1					青絲褲帶三尺		
二灰				樵夫牡丹鴛鴦鸚鵡			

弦 4		織女牛郎黃狗照影
長沙花鼓戲 1	鳥（長尾喜鵲）	鳥（短尾喜鵲）
岳陽花鼓戲 2		白鵝
皖南花鼓戲 3		石榴
花鼓戲 1		你我好比公鵝送母鵝	伴稱乳大是君子乳小是小人
花鼓戲 2	（入化）蝶	
武寧採茶戲 5		粉牆石榴照咨額 城隍西瓜古墳魚 浮橋鵝
陽新採茶		烏紗員領鳳冠霞帔石榴西瓜

	內容
戲 2	
鄠都採茶戲 1	日頭月亮鴛鴦
上饒採茶戲 2	天上老龍角鳳凰頭 眼睛一雙金雞腳下 爪嘴蟑螂精腹內肝臟 高山不溶雪三伏天 瓦上寒霜老姑青 絲頭奶髮何仙姑初生 奶漿千年酒淘茶飯 一萬年不老生薑
晉北大秧歌 1	生個兒子叫你多 叫我娘
堂戲 3	水鵝魚兒
四川曲劇 7	金童玉女鮮花照 咨水鵝
曲子戲 1	壁牆畫鳳凰

二人台3						
音樂劇1		一碗白米	三百六十個扣子	睡覺不脫衣	轆轤與井繩榆本扁擔柏木桶	
故事劇1				膚如凝脂聲若黃鸝十指尖尖身段柔柔捉蝴蝶不同人洗澡耳環痕小腳	為妻把路趕牡丹鵝船與岸死人	
小說1	榴花			衣不解帶	做官娘娘鵝門符石榴小狗花轎木桶瓜大鳥伏羲女媧石磨	(衣化)蝶(男)化紅蝶(女化)黑蝶
小說5		紙盒裝灰(罰請東道)	謊稱穿耳洞是對佛明誓	裹衣綻上三十六節天熱不脫衣耳環穿孔	鴛鴦石榴蝴蝶喜鵲賣柴的牡丹白鵝共立一填水影	(裙化)蝶
小說6		謊稱鄉下習俗	謊稱穿耳洞	耳洞	牡丹魚比目鴛鴦金童玉女牛郎織女夫妻合	

	名稱	物件	描述	葬船攔岸	化
小說7	仙童天上奇葩	插簪子撒尿	手柔弱打烏鴉摸胸部和衣而眠　氣骨清秀		(男化)斑竹(女化)葛藤
小說8		伴稱扮觀音	手貫白耳環痕聲音	樵夫鴛鴦鵝錢塘江與西湖	(人化)蝶
小說9	金童玉女	紙糊箱子　三尺紅綾月月紅	伴稱男人乳大必定平步金階伴稱火氣大流鼻血小衣上楷在小衣上伴稱觀音會扮王昭君故意反寫好字伴稱不懂字義引人離去自己先行渡河　和衣而睡兩乳甚大白綾小衣染血漬兩耳穿孔半夜假意詢問字義	牡丹花爪龍石榴子土地堂	(裙化)蝶(人化)白鶴
小說10	金童玉女			樵夫鯉魚雙雙一對鴛鴦牡丹花一對大白鵝牛郎織	(衣袖化)蝶

小說								
小說11						女渡鵲橋月下老人觀音前金童玉女		
小說12			水碗	佯稱扮王昭君大作大洞大胸脯　謊稱扮觀音	褲上有紅耳洞大胸脯　耳環痕	相約同日同地成親比樵夫魚成對鴛鴦	一七二八三六四九	
小說13	郭華王月英韋保郎賈玉貞	三尺紅綾　月月紅	紙糊（罵七篇文章）	謊稱扮王昭君佯稱蹲著小解者是有福之人	和衣而眠大乳白綾上有鮮血耳環痕蹲著尿尿	詩喻牡丹龍爪花石榴反寫女字露繡花鞋比和尚	狂風四兩太陽影子一斤孫猴子毛一撮二郎鬍子五十根龍王鱗甲二兩鳳凰心八分靈芝草	（裙化）蝶（人化）白鶴
小說14			書箱上置油燈		耳環痕夏天穿長衣衫褲和衣而臥沒喉結一手好針線活纖纖	變蝴蝶水影		蝶
小說15					不同人洗浴聲音細女子天足耳環痕	攀花同學有女子牛郎織女做官娘娘戴花盧葦做鬥		

	花	碗水（罰五篇文章）			
小說16				進門右足先縫紉	符棺材裡的死人母鵝狗咬紅妝木匠打嫁妝.鴛鴦
電影1			補衣勤作純熟而大家洗澡身上有脂粉香耳環痕不和衣洗澡		為妻送別鴛鴦玫瑰花大白鵝牛郎織女渡鵲橋拜堂
電影2					（人化）蝶
電影3					（人化）蝶
電影4	佯稱扮觀音	耳環痕不洗澡	樵夫鯉魚.鴛鴦牡丹白鵝牛郎織女替金童童玉女拜堂水影黃狗	東海龍王角蝦子頭上蝦萬年塵壁土千年瓦上精陽雀蛋一對螞蟥肚內腸仙山靈芝草王母身上香觀音淨瓶水蟠桃酒一缸	（衣化）蝶

	紅綾埋牡丹下	裹巾(罰紙筆)	巧計使男子蹲姿小便	和衣過溪露出肚兜三寸金蓮	牡丹鴛文君對相如	褲帶	(化)蝶
電影5					如		(人化)蝶
電影6		碗水(罰二拳)		胸圍掉下			(紙化)蝶
電影8		十二碗水					
連續劇3		碗水					(人化)蝶
連續劇4	金童玉女						
連續劇5			故作粗鄙部言行隨身佩劍	扮女裝			(人化)蝶
連續劇6	牡丹			袖衫衣描龍繡鳳說話細聲細氣走起路扭扭妮妮十枝尖尖纖步纖纖	柴夫牡丹鴛鴦大白鵝牛郎織女渡鵲橋狗咬紅妝水影拜堂		(人化)蝶

							(衣襟化)蝶		
連續劇7				耳環痕		喜鵲樵夫芍藥牡丹鴛鴦白鵝牛郎織女黃狗水影拜堂			
連續劇8	月季	碗水	男子乳大做大官伴稱扮觀音衣有一百零八顆鈕釦	不同人洗澡胸脯飽滿耳環印痕和衣而睡					
綜藝連續劇1							(人化)蝶		
綜藝單元劇1							蝶		
漫畫1			不跟大家一起泡澡熱天不脫衣						

二、梁祝故事情節單元變異表

故 事 出 處	情 節 單 元
唐梁載言（約 691 年前後在世）《十道四蕃志》（文獻1）	義婦祝英台與梁山伯同冢
唐張讀（847-860 時人）《宣室志》（文獻2）	女扮男裝外出求學／婚姻受阻（相思）病死／新娘舟過情人墓風濤不能進／新娘哭情人墓地忽自裂新娘陷入並埋而卒／義婦塚的由來
唐羅鄴（874-904 時人）〈蛺蝶〉詩（詩1）	義妻／衣化蛺蝶
北宋李茂誠《義忠王廟記》（1107-1110）（文獻3）	夢日貫懷受孕／懷孕十二月／女扮男裝外出求學／婚姻受阻（相思）病死／新娘舟過情人墓風濤不能進／新娘哭情人墓地裂埋璧／新娘埋璧新郎言官開槨／巨蛇護塚／義婦塚的由來／陰魂托夢助戰退敵／義忠神聖王的由來／旱澇疫癘商旅不測禱祝顯應
南宋薛季宣〈游祝陵善洞〉詩（1131-1162）（詩2）	人化蝶／女子著喪服入（善權）洞殉情
南宋張津《（乾道 1165-11	祝英台女扮男裝與梁山伯共讀

73)四明圖經》卷二(文獻4)	／義婦塚的由來
韓東都海印宗老僧（約1200）《夾註名賢十抄詩》註《梁山伯與祝英臺傳》(詩3)	女扮男裝外出求學／女扮男裝者與人結拜為兄弟／相思病死／陰魂托夢／女子哭祭情人墓禱祝顯應塚堂面破裂人進墓身亡／衣裳片片化蝴蝶子
南宋王象之《輿地紀勝·慶元府》（1221）卷十一(文獻5)	義婦塚
南宋羅濬《寶慶（1225-1227）四明志》卷十三(文獻6)	女子少時扮男裝與人共讀／同學而同葬
南宋史能之《咸淳（1265-1274)毗陵志》卷二十七(文獻7)	女子幼與男子共學後化為蝶／碧鮮菴的由來
元白樸（1226-1267元世祖二十八年尚健在）有《祝英臺死嫁梁山伯》雜劇	婚姻受阻殉情而死／神仙度化
元袁桷《延佑（1314-1320）四明志》卷七(文獻8)	女扮男裝與人共讀／義婦塚的由來
《彙纂元譜南曲九宮正始》〈祝英臺〉三曲(元戲文1)	女扮男裝與人〔共讀〕
明黃潤玉（永樂（1389-1477）時人）《寧波府簡要	女扮男裝與人共讀／女子祭情人墓墓裂而殞遂同葬／義婦塚

志・鄞》(文獻 9)	的由來
明正德十一年（1516）山東省微山縣馬坡鄉明趙廷麟《梁山伯祝英台墓記》(文獻 10)	女扮男裝者瞞過家人鄉鄰／女扮男裝外出求學／三年夜不解衣／相思病死／女子因情人病死而悲傷殉情致死
明嘉靖三十二（1553）年《新刊全家錦囊祝英台記》(明傳奇 1)	女扮男裝者佯稱母病許單衫願衣服有七七四十九度紅絡紐三年不脫裏衣／女扮男裝者佯稱立地解手損了三光日月／女扮男裝者借事物（十三項）暗喻己為紅妝表露情愫／女扮男裝者託言為妹訂親實則以身相許
明張時徹（1504-？）《寧波府志》（明嘉靖三十九（1560)年刊本）卷二十(文獻 11)	女扮男裝外出求學／婚姻受阻（相思）病死／新娘舟過情人墓風濤不能進／新娘哭情人墓地裂而埋璧／義婦塚的由來
明朱孟震（1582 年前後在世)《浣水續談》卷一(文獻 12-1)	女扮男裝外出求學／新娘哭祭地忽裂人投墓而死／義婦的由來／新娘過情人墓風濤大作舟不能進
明朱孟震（1582 年前後在世)《浣水續談》卷一(文獻 12-2)	復顯靈異效勞於國封為義忠有司立廟（於鄞）／吳中婦孺稱花蝴蝶稱梁山伯與祝英臺的由來
明王升《宜興縣志》(明萬曆十八（1590）年）卷十(文獻 13)	女子幼與男子共學後化為蝶／碧鮮菴的由來

明彭大翼《山堂肆考》（1595）卷二百二十六（文獻14）	人死魂化蝶
明陸應陽《廣輿記》卷十一（文獻15）	女扮男裝與人共讀／女子吊情人墓下基裂而殉遂同葬／義婦塚的由來
明陳仁錫（1581-1636）《潛確居類書》（崇禎（1628-1644）年間刻本）卷二十八（文獻16）	女子幼與男子共學後化為蝶／碧鮮菴的由來
《群音類選》明萬曆二十一至二十四（1593-1596）年諸腔卷四《訪友記·山伯送別》（明傳奇2）	女扮男裝者借事物（八項）暗喻己為紅妝表露情愫
明萬曆末年《秋夜月新鋟天下時尚南北徽池雅調》《同窗記（還魂記）·英伯相別回家》（明傳奇3）	女扮男裝者佯稱母病許單衫願衣服有七七四十九度紅絡紐三年不脫裏衣／女扮男裝者借事物（十三項）暗喻己為紅妝表露情愫／女扮男裝者托言為妹訂親實則以身相許
《群音類選》明萬曆二十一至二十四年（1593-1596）《訪友記·又賽槐陰分別》（明傳奇4）	女扮男裝外出求學／女扮男裝者佯稱父母病許單衫願衣服七七個結三年和衣而眠／女扮男裝者佯稱人間方便穢污相承而出恭入敬大異眾生／女扮男裝者與人眠時抵足體不黏身恍若女形十指尖耳洞痕被疑為紅妝

	／女扮男裝者借事物（六項）暗喻己為紅妝表露情愫／女扮男裝者托言為妹訂親實則以身相許／啞謎喻婚期（三七二八四六）
萬曆末年《還魂記·山伯賽槐陰分別》(明傳奇5)	女扮男裝外出求學／女扮男裝者佯稱父母病許單衫願衣服七七個結三年和衣而眠／女扮男裝者佯稱人間方便穢污相承而出恭入敬大異眾生／女扮男裝者借事物（四項）暗喻己為紅妝表露情愫／女扮男裝者托言為妹訂親實則以身相許／啞謎喻婚期（三七二八四六）
明萬曆末年《堯天樂》《同窗記·河梁分袂》(明傳奇6)	女扮男裝者借事物（兩項）暗喻己為紅妝表露情愫
《群音類選》(1593–1596)年《訪友記·山伯訪祝》(明傳奇7)	托言為妹訂親實則以身相許／女扮男裝者與人結拜為兄弟／女扮男裝外出求學／床中置書跌倒者罰銀三分買紙予公眾用／女扮男裝者蹲姿小解被疑為紅妝／女扮男裝者蹲姿小解佯稱怕厭污日月三光以防他人識破紅妝／埋七尺紅羅於牡丹花下賭誓若失貞則牡丹花死紅羅

	朽爛／借事物（五項）暗喻己為紅妝表露情愫／啞謎喻婚期（二八四六三七日）／誤猜啞謎造成悲劇／埋紅羅於牡丹花下三年紅羅不爛牡丹色更佳
明萬曆甲辰（1604）年《新刻增補戲隊錦曲大全滿天春》之《英臺別‧山伯訪英臺》（明傳奇 8）	託言為妹訂親實則以身相許／女扮男裝者與人結拜為兄弟／女扮男裝外出求學／借事物（一項）暗喻己為紅妝表露情愫／啞謎喻婚期（二八四六三七日）／誤猜啞謎造成悲劇／埋紅羅於牡丹花下三年紅羅不爛牡丹色更佳
明萬曆三十九（1611）年《摘錦奇音》之《同窗記‧山伯千里期約》（明傳奇 9）	女扮男裝外出求學／埋七尺紅羅於牡丹花下賭誓若失貞則牡丹花死紅羅朽爛／借事物（八項）暗喻己為紅妝表露情愫／啞謎喻婚期（二八四六三七日）／誤猜啞謎造成悲劇／埋紅羅於牡丹花下三年紅羅不爛牡丹花開
明崇禎三（1630）年《新鎸出像板纏頭百練二集》之《同窗記‧訪友》（明傳奇 10）	託言為妹訂親實則以身相許／女扮男裝者與人結拜為兄弟／埋七尺紅羅於牡丹花下賭誓若失貞則牡丹花死紅羅朽爛／借事物（五項）暗喻己為紅妝表露

	情愫／啞謎喻婚期（二八四六三七日）／誤猜啞謎造成悲劇
明末《時調青崑》之《同窗記·山伯訪友》(明傳奇11)	埋七尺紅羅於牡丹花下賭誓若失貞則牡丹花死紅羅朽爛／借事物（八項）暗喻己為紅妝表露情愫／啞謎喻婚期（二八四六三七日）／誤猜啞謎造成悲劇／女扮男裝外出求學
明末《精刻彙編新聲雅雜樂府大明天下春》之《山伯訪友》(明傳奇12)	托言為妹訂親實則以身相許／三寸金蓮／女扮男裝外出求學／女扮男裝者與人結拜為兄弟／埋七尺紅羅於牡丹花下賭誓若失貞則牡丹花死紅羅朽爛／借事物（八項）暗喻己為紅妝表露情愫／啞謎喻婚期（二八四六三七日）／誤猜啞謎造成悲劇
明末《時調青崑》之《同窗記·英臺自嘆》(明傳奇13)	埋七尺紅羅於牡丹花下賭誓若失貞則羅爛若貞潔則羅鮮花發／女扮男裝外出求學／丫環扮書僮／女扮男裝者與人結拜為兄弟／和衣而眠／埋牡丹花下紅羅三年色鮮如昔／托言為妹訂親實則以身相許
明馮夢龍《古今小說》(初刊於明天啟（1621-1627）初）二十八卷〈李秀卿義	女扮男裝瞞過哥嫂／摘榴花插花臺賭誓若貞潔則花枝生根長葉年年花發若失貞則花枝枯萎

結黃貞女〉入話〔梁山伯與祝英台〕(小說 1)	／女扮男裝外出求學／女扮男裝者與人結拜為兄弟／女扮男裝者三年衣不解帶／插臺榴花三年花葉並茂／相思病死／新娘出嫁過情人墓忽狂風四起受阻不能前行／陰魂顯靈作人語／墓地自裂新娘跳進墓合成一線／衣服碎片化花蝴蝶／死人精靈化蝶／紅蝴蝶稱梁山伯黑蝴蝶稱祝英臺的由來
《寧波志》見明馮夢龍（1574-1646）《情史》卷十(小說 2)	女扮男裝外出求學／婚姻受阻（相思）病死／新娘舟過情人墓風濤不能進／新娘哭情人墓忽地裂新娘投墓而死／義婦塚的由來／鬼魂顯靈效勞封為義忠立廟祭祀
《寧波志》見明馮夢龍（1574-1646）《情史》卷十(小說 3)	橘蠹化花蝴蝶／稱黃色蝴蝶為梁山伯黑色蝴蝶為祝英臺的由來／焚衣化蝶
明末徐樹丕（康熙（1662-1722 年）間卒）《識小錄》卷三(文獻 17)	女扮男裝外出求學／婚姻受阻（相思）病死／新娘舟過情人墓風濤不能進／新娘哭情人墓地裂而埋璧／義婦塚的由來／鬼魂顯靈效勞封為義忠立廟祭祀／橘蠹化花蝴蝶／稱花蝴蝶為梁祝的由來

明呂天成所撰《曲品》卷下載朱少齋《還魂記》又名《英台記》	還魂
明《詞林一枝》〈羅江怨〉（民歌 1）	女扮男裝外出求學
明末《梁山伯祝英臺結義兄弟攻書詞》（鼓詞 1）	摘牡丹花插淨水瓶賭誓若失貞則抱石投江若貞潔鮮活如常／譏誚女扮男裝外出求學者假托尋夫子實是尋個少年人／祝告曰三光占卦果得吉兆／女扮賣卦先生瞞過父親／女扮男裝外出求學／女扮男裝者與人結拜兄弟／女扮男裝者佯稱小便無禮對天光巧計出恭入敬不與人同行／女扮男裝者露白胸膛六月炎天不脫衣裳石拋鴛鴦力氣小被疑為紅妝／女扮男裝者巧言男兒奶大為丞相女人奶大為婆娘通身上下都是同心結以防他人識己為紅妝／佯稱不懂啞謎猜字意欲於人肚上寫字偵測男女／三寸金蓮／指血書寫世上所無藥方（1 東海蒼龍膽 2 山東鳳凰腸 3 蠶蛾頭上血 4 蚊子眼中光 5 仙人中指甲 6 仙女帶頭香 7 金雞腳下爪 8 黃龍背上麟 9 三

	十三天雨 10 雷公日月電光）／吞信咽死／新娘祭墳忽狂風大作天昏地暗裂地三丈新娘跳下裂地又合／羅裙片片化千萬蝴蝶
清初（約 1660 年左右）《梁山伯》（民歌 5）	父母占卜允許女兒扮男裝外出求學／女扮男裝外出求學／譏誚女扮男裝外出求學者意在選個少年郎／七尺紅綾埋牡丹花下賭誓若失貞則天雷打死若貞潔則紅綾放毫光／床帳中置箱籠／女扮男裝者炎天不洗澡夜裡不脫衣裳胸前雙隻大奶膀被人疑為紅妝／女扮男裝者佯稱幼病衣有三百紐絲六十扣和衣而眠／女扮男裝者辯稱胸前大奶坐朝廊以防他人識己為紅妝／女扮男裝者借事物（四項）暗喻己為紅妝表露情愫／女扮男裝者托言借篙測水深淺引人離去後自行渡河／啞謎－丁口反把口字藏／女扮男裝者托言為妹訂親實則以身相許／埋牡丹花下紅綾三年依舊放光明／世上所無藥方（東海青龍角南山鳳凰肝金雞腳下爪蚊蟲眼內漿仙人

	手指甲仙女帶來香西天塘內水雷公電母光千年不漾雪萬年不漾霜）／相思病死／女子房中設靈牌位弔情人／新娘祭墳拔金釵插墳台禱祝顯靈忽然烏雲罩日墓開三尺人進墓／羅裙化蝴蝶上天台／新娘投墳新郎掘墳起骨投江／陽間新郎向東岳大帝告冤魂奪妻／鬼王入陰司查真相五殿閻君相迎銀安殿上斷案／閻君查生死簿斷案／星斗投胎為人／閻王怒喝捉人下地獄問罪／閻王令牛頭馬面捉拿活人入酆都遊十八地府／閻王令催生送子娘送陰魂投胎轉世再成姻緣
清康熙八（1669）年編纂《常州府志》卷二十一〈古蹟〉（文獻 18）	女子幼與男子共學後化為蝶／碧鮮菴的由來
康熙二十五（1686）年刻本《康熙鄞縣志》卷九（文獻 19）	女扮男裝外出求學／婚姻受阻（相思）病死／新娘舟過情人墓風濤不能進／新娘哭情人墓地裂埋璧／新娘埋璧新郎言官開槨／巨蛇護塚／義婦塚的由來／夢日貫懷受孕／懷孕十二月／陰魂托夢助戰退敵／義忠神

	聖王的由來／旱澇疫癘商旅不測禱祝顯應／夜夢前朝縣令效力退敵／義忠王的由來
康熙二十六（1697）年鈔本《清水縣志》卷十一（文獻 20-1）	女子少時女扮男裝與人共讀／婚姻受阻氣憤而死／新娘祭拜情人墓禱祝顯應墓門忽開投墳墓復合
康熙二十六（1697）年鈔本《清水縣志》卷十二（文獻 20-2）	女子過情人墓墓門開投穴殉情
清黃文暘撰《曲海總目提要》（康熙五十四（1715）年）卷三十五（文獻 21-1）	南中稱蝴蝶雙飛者為梁山伯祝英臺
清黃文暘撰《曲海總目提要》（康熙五十四（1715）年）卷三十五（文獻 21-2）	女扮男裝外出求學／義婦塚的由來／新娘舟過情人墓風濤不能前／新娘哭祭地忽自裂陷入並埋其中／巨蛇護塚／夜夢陰魂助力卻賊
清黃文暘撰《曲海總目提要》（康熙五十四（1715）年）卷三十五（文獻 21-3）	女子幼與男子共學後化為蝶
清甯楷（1712-1801）《重刊宜興縣志舊志》卷九（文獻 22）	女子幼與男子共學後化為蝶／碧鮮庵的由來
乾隆己丑（1769）年《新編金蝴蝶傳》（彈詞 1）	女扮江湖算命人瞞過父親／折牡丹花置佛前花瓶賭誓若貞潔

則花鮮明若失貞則花枯死／女
扮男裝外出求學／丫環扮書僮
伴讀／女扮男裝者與人結拜兄
弟／女扮男裝者巧計解手不與
人同行以防他人識破紅妝／女
扮男裝者解衣露胸六月炎天不
脫衣蹲姿解手打鴛鴦力氣小被
疑為紅妝／女扮男裝者辯稱男
人乳大高官做自幼多病不脫衣
以防他人識破紅妝／女扮男裝
者托言為妹訂親實則以身相許
／以草蟲名猜古今人事（西施好
比花蝴蝶窈窕身材舞不停梅妃
謀害蘇皇后便是蜜蜂點火自燒
身妲己好比田三嫂攪亂江山不
太平蟬聲好比琵琶怨和番出塞
漢昭君蜘蛛好比閻婆惜門前張
網等情人費仲龍渾如金蠍毒必
總要害忠臣青草蛙蟬聲聲苦好
似孟姜女啼哭倒長城）／以鳥禽
鳴猜古今人事（楊貴妃酒醉朝陽
殿好一似海棠花下美安人咬臍
郎一去無消息卻不道李氏三郎
望子規崔鶯鶯不見張生到黃昏
專等點鵓鴣蔡伯喈上京為官職
趙玉娘尋夫一鷺鷥唐僧受了多

| | 少難單只為求取孔雀經穆素徽想思（趙）叔夜卻不道悶坐西樓懶畫眉金蓮願字金敘品單恨閨秀房中老鵓鴣張果菜園成親事可不曉少年配了白頭公）／借事物（石榴花靈神－陰－陽一對鴛鴦仙桃一對白鵝漁船靠岸劉阮與仙姬牽牛織女星）暗喻己為紅妝表露情愫／瓶中牡丹三年仍鮮枝綠葉／指血題書／世上所無藥方（東海蒼龍膽五色鳳凰腸蠶蛾頭上血蚊子眼睛光八仙中指甲王母殿中香金雞足上爪蒼蠅頂上毛三十三天雨風雷電閃光）／吞信噎死／新娘哭祭禱祝顯應突然黑雲狂風霹靂昏黑如夜墳裂人進墓墓合天晴日見／魂化蝶（白衣黑點梁山伯白點黑衣九姐身）／新娘投墳新郎懸樑自縊陰府告狀／陰魂執狀詞進閻王殿馬面牛頭攔住叱問陰魂自訴冤情始放行／閻王令判官查簿知人死期／閻王差鬼使捉陰魂斷案／閻王斷今生鴛鴦再世姻緣／死後還陽魂歸屍身復活推開棺木而出／女扮男裝者 |

	和衣而眠與男人同床三年
乾隆三十四（1769）年《新編東調大雙蝴蝶》三十回（彈詞2）	三寸金蓮／折楊柳供蓮台賭誓若失貞則柳枝墜倒若貞潔則青枝綠葉柳花開／女扮男裝外出求學／丫環扮書僮外出伴讀／女扮男裝者與人結拜為兄弟／結拜發誓雷公電母風伯雨師為証若負所言下地獄酆都變畜生／女扮男裝者借事物（兩項）暗喻己為紅妝表露情愫／亡母救女附身於後母身上使其自掌嘴巴自罵賤人／亡夫附身姦婦勾魂姦婦撲倒而亡／陰魂白日索命阻止前夫風流／歇後語（一刀兩是段老爹絕子絕是孫二哥天災神是賀老爹千江落是海二哥馬出角是馮先生斬頭笋是尹先生滅口君是尹先生半開門是尹先生）／無名火塊滾進新房冥冥之中有人扯住新郎烈火燒身而亡／相思病死／亡者陰魂不散／陰魂啼哭欲尋情人誤入森羅殿遇紅鬚判官尋求指引／陰魂為奉養陽間父母要求判官送其回陽判官答應上稟閻羅視其造化／判官告知陰魂其情人將死

	而入枉死城／情人相思病死女子亦隨之殉情而死陰魂入鬼門關九曲彎／生前做盡欺心事白日青天被鬼迷死在陰司遭報應受刑罰／生前定婚夫婦陰間相遇／陰曹解差手拿無情棍喝令陰魂前行／殉情男女陰間相會／陰魂在陰府望鄉台看陽間家鄉悲聲不絕／閻羅天子奉上帝旨統轄鬼神察生前善惡判陰府冤魂／閻羅判善人子弟陽壽未終者還魂／陰魂地府告狀／生前作惡多端死後墜地獄又打傷解差閻羅判永墜阿鼻地獄萬劫不得翻身／閻羅王令鬼判送陰魂還陽待五十年後魂遊地府化為蝴蝶／陰間判官引陰魂離枉死城出鬼門關還陽／人化蝶
乾隆四十七（1782）年鐫《梁三伯全部・同窗琴書記・時調演義》（南管1）	作牡丹詩招親／女扮男裝外出求學／女扮男裝者與人結拜為兄弟／借結髮一世為喻表露情愫／琴書為聘托言為妹訂親實則以身相許／啞謎喻婚期（二八三七四六）／借鴛鴦成雙為喻表露情愫／女失肚裙被識破紅妝／床席中置汗巾為界越者罰錢

	一百文公用／誤猜啞謎婚期險成悲劇
清錢大昕纂《（乾隆）鄞縣志》（乾隆五十三（1788）年刻本）卷七（文獻 23-1）	女扮男裝外出求學／陰魂托夢助戰退敵夜果烽燧熒煌兵甲隱見而退敵／義忠神聖王的由來／旱潦疫癘商旅不測禱祝顯應／義婦塚的由來／新娘舟過情人墓風濤不能前行／新娘祭奠地裂而埋身／新娘祭奠埋身新郎言官開槨／巨蛇護冢／女子夢日貫懷而受孕／懷胎十二月
錢大昕纂《（乾隆）鄞縣志》（乾隆五十三（1788）年刻本）卷二十四（文獻 23-2）	女扮男裝外出求學／同學同葬
乾隆（1736-1795）年間手抄本瑤族《盤王大歌》之〈梁山伯〉（民歌 4）	女扮男裝與人共讀／做衣定情／三年同台讀書不辨雌雄／（婚姻受阻）吞藥死／新娘出嫁過情人墳陰魂開墳出迎共赴黃泉
清光緒八（1882）年刻本《宜興荊谿縣新志》卷九清邵金彪〈祝英台小傳〉（道光（1821-1850）年間）	女扮男裝外出求學／女扮男裝者托言為妹訂親實則以身相許／婚姻受阻悔念成疾而死／新娘舟過情人墓風濤大作不能前

（文獻 29）	行／新娘哭墓地忽開裂墮入墳中／繡裙綺襦化蝶飛去／義婦的由來／殉情男女陰魂顯靈助戰立廟合祀／精魂化蝶／大彩蝶稱祝英臺的由來
清徐時棟（1814-1873）《鄞縣志》（文獻 30）	女子少時扮男裝與人共學
清徐時棟（1814-1873）《鄞縣志》（文獻 30-2）	義婦與人同塚
清徐時棟（1814-1873）《鄞縣志》（文獻 30-3）	以梁祝墓土置灶上蟲蟻不生
清道光（1821-1850）年間廈門手抄本《三伯英台歌》（二十本）（歌仔冊 1）	女扮男裝外出求學／丫環扮書僮伴讀／埋七尺紅羅於牡丹花盆賭誓若失貞則紅羅臭爛牡丹開／女扮男裝者與人結拜為兄弟／女扮男裝者佯稱立姿小解不乾淨巧計使男子蹲姿小解／床置汗巾為界越者罰紙筆給滿學內／女扮男裝者故意伸腳越床界自罰紙筆使家貧者不敢越界以防他人識破紅妝／借事物（兩項）暗喻己為紅妝表露情愫／女扮男裝者脫綉羅衣示愛／啞謎喻婚期（二八三七四六）／埋紅羅於牡丹花盆三年日夜澆水紅羅不爛牡丹不開／誤猜啞

	謎造成悲劇 / 鳥（鶯歌）作人語 / 以男女小解聲音不同偵測男女 /（鶯歌）鳥解人語 / 飛鳥（鶯歌）傳書 / 鳥叫（鶯歌）人名 / 世上無藥方(六月霜金雞頭上髓龍肝鳳肚湯) / 相思病死 / 門神阻擋鬼魂入屋 / 鬼魂向門神說情門神讓鬼魂入屋 / 鬼魂托夢 / 陰魂預知人婚期 / 陰魂顯靈收僕為弟改其姓名且允諾庇祐 / 陰魂顯靈懺悔早夭不孝勸父母收僕為子代己盡孝道 / 陰魂托夢預言青天白日搶親 / 新娘出嫁時祭拜同窗好友新郎以為識禮義差人買酒禮金紙 / 新娘讀祭文哭祭舉金釵打墓牌禱祝顯應青天白日墓開人進墓 / 掘墓尋妻 / 墓出蝶飛上天（人化蝶）/ 墓中出青石枋（人化石）/ 殉情男女化二青石分置溪東溪西一長杉（梁）一長竹（祝）並做一排 / 新娘投墳新郎咬舌自盡歸陰司沿路啼哭尋妻 / 山神土地指點陰魂上森羅殿向閻王告狀 / 山神土地一路帶陰魂陰間告狀 / 陰魂行經陰陽界鬼

| | 門關業鏡台森羅城入森羅殿向閣王喊冤／閣王坐森羅殿牛頭馬面排兩邊／閣王簽牌票差鬼將捉拿陰魂問案／人嫁鬼婿／陰魂抗議閣王斷案不公／閣王令判官查緣簿斷案／緣簿註明人世姻緣貧富貴賤／金童玉女降凡有夫妻緣份／燈猴神下凡／陰魂向閣王求情閣王因其人孝義放返陽間／陰魂領取文憑部札回陽／人死屍爛借身還陽／閣王斷下凡金童玉女陰魂遊地獄後回天台／地方鬼將領閣王聖旨帶陰魂遊地獄經水橋頭暗屋邊油滑山鐵樹至酆都城（地獄城－東獄西獄南獄北獄）望鄉台枉死城／道士和尚生前失唸經文數百遍死後唸滿經文再出世／生前毀謗佛道滅天理者死後上油滑山／生前不孝公姑苦毒前子者死後上鐵樹鮮血淋漓遍地／牛頭馬面按文憑部札點鬼名入酆都城／四方地獄內分十八小地獄／貢生陽間下筆作呈害人命又兼奸淫死後至東獄受罰十日上鐵床釘鐵釘搥鐵鎚 |

下油鍋一次三年刑滿後輪迴出
生成牛馬／地方鬼將說明生前
作惡死後刑罰之報應細則／前
生學話多言語死後東獄割舌敲
牙／地方鬼將說輪迴陰司報應
／陽間大奸臣陷害生靈無數死
後至西獄破面破腸千刀萬刮三
年刑罰後輪迴生成豬牛／生前
私通毒死親夫侵佔財產者死後
至西獄過火坑屍身燒化成灰業
風吹過復活再被擲地踐踏皮開
肉裂後又拖往別獄再受刑罰／
生前貪官死後往西獄刮舌句火
荌刺心肝；三年刑罰後輪迴出生
成雞鴨還債／陽間不孝父母不
敬賢人棄妻兒逼死人命放火燒
屋搶人財物者死後至南獄（金剛
地獄）受罰十日斬頭去五尖破腸
抱銅柱刀刺身體一次／陽間尫
姨假作神明起乩騙人錢財死後
至南獄關入鐘內燒三年刑滿後
輪迴出生／陽間和尚破戒姦淫
婦女死後惡鬼夜叉帶至南獄打
眼睛鬼兵斬其手腳／陽間財主
穿綢穿緞糟踏糧食死後至北獄
寒冰池凍死／陽間婦人生產滿

	月穢物置灶邊死後至北獄落八百里血湖地／牛爺馬爺看守奈何橋兩端／陽間媒人敗女節烈害人性命官司訴訟死後至北獄奈何橋下被銅蛇纏身狗咬腰部／陰魂至望鄉台見陽間親人陰陽相隔呼叫不應／枉死城中鬼兵開城點名有矮仔鬼竹高（高個子）鬼吊死鬼落胎鬼青冥（瞎眼）鬼猖狂鬼大頭鬼毛神鬼花會鬼冤枉鬼乞食（乞丐）鬼無頭鬼大食（貪吃）鬼允龜（駝背）鬼啞狗（啞巴）鬼不成（才）鬼細病鬼甘阮（甘願）鬼麩毛鬼大度（肚）鬼風流鬼查某（女）鬼拔皎（賭）鬼亞片（鴉片煙）鬼白賊（說謊）鬼空坎（魯莽）鬼無影（說大話）鬼酒醉鬼／喝了茶忘卻前生父母輪迴出生／註生娘娘坐殿宮娥綵女排兩邊花公花婆排紅花白花（紅花出生為男子白花出生為女子）讓陰魂輪迴出世／註生娘娘是管理陰魂輪迴出生者／前生富有積德者領牡丹花輪迴出生為太子登地位／前生為人良善者領荷蓮花輪迴

出生為好人家子弟連科及第／
前生為人不行孝義者領射榴花
輪迴出生為乞丐／前生騙人錢
財者領苯茉花輪迴出生為媒人
／前生為人心太僥者領鴛瓜花
輪迴出生為駝背／前生為人良
善助人者領連招花輪迴出生為
富翁福祿雙年六十年／前生孝
順父母者領樹蘭花女子輪迴出
生為男子子孫福蔭一世／前生
有錢無德者領金鳳花男子輪迴
出生為女傭一生煮飯洗衣受折
磨／前生富有賑濟災貧者領谷
白花輪迴出生當官中狀元／前
生損人利己者領水錦花輪迴出
生為母豬還債／前生學話多言
語者領雞冠花輪迴出生為痲瘋
患者／前生貞潔烈女拜佛誦經
燒好香領梅花輪迴出生為皇后
／觀音佛祖乘五彩雙雲遊地獄
／觀音佛祖點破金童玉女貶罰
凡間姻緣／金童玉女犯錯為玉
帝貶罰降凡受苦不成婚姻／金
童玉女貶罰凡間業緣完滿升天
成仙／佛祖派五彩祥雲送貶凡
金童玉女上天

清道光（1821-1850）年間廈門手抄本〔梁山伯與祝英台〕(歌仔冊2)	病人寫自己八字向情人討藥方治相思 / 世上所無藥方（六月曆頂霜龍肝鳳腹湯貓腱水圭（蛙）毛）金雞頭上髓 / 人作鳥語 / 鳥（鶯歌）解人語 / 飛鳥（鶯歌）傳書 /（鶯歌）鳥叫人名 / 鳥（鶯歌）以人語勸人 / 鳥（鶯歌）哭作人語 / 三寸褲帶做藥治相思病 / 女扮男裝者與人結拜為兄弟 / 啞謎喻婚期（二八三七）/ 新娘祭墳廿四拜唸祭文 / 新娘拔金釵打墓牌哭祭禱祝顯應青天白日墓開陰魂出現人進墓 / 掘墓尋妻 / 墓出兩青石枋（人化青石）/ 墓出蝴蝶（人化蝶）/ 墓出兩石分置溪兩旁流成一排東邊石生杉（梁山伯）西邊生竹（祝英台）
咸豐九（1854）年手抄本《大路山歌》之〈梁山伯歌〉(民歌6)	女扮男裝與人共讀 / 女扮男裝者佯稱衫千百結解得結開天大光〔和衣而眠〕/〔婚姻受阻〕吞衣死 / 新娘行嫁過情人墳情人陰魂接入墳共赴黃泉
清山西洪洞同義堂丙子（1876或1816）年刻本《梁山盃全本》(洪洞戲1)	女扮男裝者借事物暗喻己為紅妝表露情愫（九項）

清末（約 1870 年左右）四川桂馨堂刻本鼓詞《柳蔭記》（鼓詞 2）	三寸金蓮／女扮男裝瞞過父母／女扮男裝外出求學／女扮男裝者與人結拜為兄弟／女扮男裝者過江不脫衣佯稱上有青天下有地水通四海有龍王此江原是東海口又有水神來巡江讀書人敬天地以防他方識己紅妝／女扮男裝者和衣而眠佯稱身上羅衣鈕扣廣／女扮男裝者借事物（十一項）暗喻己為紅妝表露情愫／女扮男裝者使針縫衣打扮似觀音櫻桃小口體態妖嬈面似桃花眼如秋波眉又清被疑為紅妝／世上所無藥方／相思病死／禱祝陰魂入夢成真／門神阻擋陰魂入室／陰魂說情哀求門神放行門神同情而放行／引魂童子在前引陰魂入門長生土地隨後跟行／陰魂託夢敘舊情／新娘讀祭文哭祭禱祝顯應墓開陰魂往外走新娘往內行墓合如初／羅裙碎片化蝴蝶上天庭／新娘投墓新郎憂忿而死入幽冥閻君殿前告狀／閻王差小鬼調陰魂問案／天神簿記人間事／閻王告知陰魂前／世今生姻

| | 緣／前世姻緣失約今世夫妻先離後合／閻王不許陰魂入枉死城而回陽復生／新郎掘墓尋親驚動神仙（太白星梨山老母）／太白星梨山老母知殉情男女前生失約夫妻該別八年始團圓／神仙（梨山老母呂洞賓）救出墳中殉情男女／墓中出青烟紅烟結成虹／虹的起源／神風吹殉情男女上九霄雲／人能千變萬化／梨山老母救人回梨山白雲洞看兵書學法術／呂洞賓救人回朝陽洞習文練武／神仙賜人紅羅黑繩包天羅帕無價寶／神仙預言人之未來／口唸真言咒語吞食六甲靈文成兩臂掌力千斤重奪壺殺敵／微搖包天寶帕包了數百人／用捆仙繩綁人／將人抽筋刮骨熬油點天燈／用手一指人跌下馬／口唸真言手指南方紙人紙馬成三升芝麻兵陣前殺敵／口喊捆了吧九股繩捆住人身動彈不得／人有排山倒海之能／兩耳垂肩／雙手過膝／對五經招親／洞房花燭新郎夜讀經書不入洞房／五色馬 |

	／山河地理裙／女扮男裝科考中狀元／綵樓拋绣球招親／女狀元娶妻（招女扮男裝者為駙馬）／口唸六甲靈文撒包天羅帕十員大將不見形／唸真言飛沙走石／唸真言咒語法術變出水火葫蘆往下傾上面火燒千萬丈下傾洪水／女將自立為王
元閭東山〈題梁祝洞詞義并序〉（文獻 28）	女扮男裝外出求學／婚姻受阻殉情同墳／人化蝶
清同治十三（1874）年《雙蝴蝶寶卷》（寶卷 1）	女扮江湖算命人瞞過父母／折牡丹置瓶中賭誓若貞潔則花鮮若失貞則花枯／女扮男裝外出求學／丫環扮書僮伴讀／女扮男裝者與人結拜為兄弟／女扮男裝者佯稱從小多病和衣而眠以防他人識己紅妝／女扮男裝者要求小解掛牌輪流不同行以防他人識己紅妝／女扮男裝者露胸奶高六月炎天不脫衣蹲姿小解打鴛鴦力氣小被疑為紅妝／女扮男裝著佯稱男子奶大高官做自小多病炎天不脫衣立身小解觸犯天地不久壽以防他人識己為紅妝／女扮男裝者託言為妹訂親實則以身相許／瓶中

	牡丹三年依然花鮮／血書／世上所無藥方（東海蒼龍膽五色鳳凰眼八仙中指掐蚊蟲眼睛眶金雞腳下爪蒼蠅頭上毛蠶蛾頭上血王母殿上香三十三天雨風雷電閃光）／吞信噎死／新娘以死要脅祭情人墳／新娘哭祭禱祝顯應忽見墳上起黑雲狂風霹靂如黑夜墓開人進墓頃刻雲開日明／人化蝶／新娘投墳新郎懸樑自盡陰間告狀／牛頭馬面阻擋啼哭陰魂入殿告知冤情牛頭馬面放行／閻羅大王令判官至天齊殿請天齊大帝尊查姻緣簿斷案／前世欠東嶽願今世夫妻若斷魂陽壽未盡當轉世／閻羅天子賜陽壽未盡者還陽魂湯令鬼卒送至幽冥三界推下奈何津還陽／死後回陽者推棺而出如夢一般／還魂者告知家人開棺復活／玉皇大帝知人行善念佛賜其貴子躍門庭／觀音菩薩知人闔家大小行善差仙童仙女執旛蓋賜其福祿永安寧／善有善報惡有惡報
清（1876）年以前木版《圖	女扮男裝外出求學／女子貞潔

像英臺歌》（《新刻繡像英臺念歌》）（歌仔冊 3）	紅羅牡丹三年花盛羅新／女扮男裝者穿衣渡河和衣而眠被疑為紅妝／女扮男裝者佯稱上有青天下有地赤身露體觸龍王寢衣千百結以防他人識己為紅妝／錯聽日期造成悲劇／借事物（四項）暗喻己為紅妝表露情愫／世上所無藥方（仙人手指甲玉女帶頭香象牙并龍骨深山老蛇鱗金雞腳下爪深林老虎尿半天密婆屎雷公電母光三年屋上雪三年瓦上霜）／指血題書／相思病死／新娘哭祭禱祝顯靈墓開人進墓／羅裙碎片化蝴蝶／掘墓尋妻／人化鴛鴦飛天堂／新娘投墳新郎氣死至閻王處告狀／閻王取簿斷案／簿註明今世姻緣來世姻緣／蝴蝶投世降生
清光緒三（1875-1908）年初鈔本《祝英台辭學梁山伯送友》（大鼓書 1）	借事物（五項）暗喻己為紅妝表露情愫／抱石砸鴛鴦力氣小被疑為女娘／牙床立界牌／孕中定約生二男為同學生二女為同伴生男女為夫妻
清光緒四（1878）年《雙仙寶卷》（寶卷 2）	女扮江湖算命人瞞過父母／折牡丹置瓶中賭誓若貞潔則花鮮若失貞則花枯／女扮男裝外出

| | 求學 / 丫環扮書僮伴讀 / 女扮男裝者與人結拜為兄弟 / 女扮男裝者佯稱從小多病和衣而眠以防他人識己紅妝 / 女扮男裝者要求小解掛牌輪流不同行以防他人識己紅妝 / 女扮男裝者露胸奶高六月炎天不脫衣蹲姿小解打鴛鴦力氣小被疑為紅妝 / 女扮男裝著佯稱男子奶大高官做自小多病炎天不脫衣立身小解觸犯天地不久壽以防他人識己為紅妝 / 女扮男裝者託言為妹訂親實則以身相許 / 瓶中牡丹三年依然花鮮 / 血書 / 世上所無藥方（東海蒼龍膽五色鳳凰眼八仙中指掐蚊蟲眼睛眶金雞腳下爪蒼蠅頭上毛鼉蛾頭上血王母殿上香三十三天雨風雷電閃光）/ 吞信噎死 / 新娘以死要脅祭情人墳 / 新娘哭祭禱祝顯應忽見墳上起黑雲狂風霹靂如黑夜墓開人進墓頃刻雲開日明 / 人化蝶 / 新娘投墳新郎懸樑自盡陰間告狀 / 牛頭馬面阻擋啼哭陰魂入殿告知冤情牛頭馬面放行 / 閻羅大王令判官至 |

	天齊殿請天齊大帝尊查姻緣簿斷案／前世欠東嶽願今世夫妻若斷魂陽壽未盡當轉世／閻羅天子賜陽壽未盡者還陽魂湯令鬼卒送至幽冥三界推下奈何津還陽／死後回陽者推棺而出如夢一般／還魂者告知家人開棺復活／三寸金蓮／修道者死後長旛寶蓋來接引至西方安養城／灶君皇帝將修行念佛者善行上奏天庭玉皇大帝賜其成功完滿上天門／玉皇大帝勒令神仙至人間為修行者上壽／神仙駕彩雲下凡上／壽／終南老人結美酒上壽／呂洞賓葫蘆取出長生藥上壽／張果老捧玉液獻蟠桃上壽／湘子丹詔上天庭共赴瑤池蟠桃會／曹國舅跨海雲遊／采和花籃藏靈芝草金盤托出獻如來／何仙姑功成行滿成仙自來且吃長生酒自來自飲趙葉茶／觀音大士駕祥雲下天門善才龍女分左右／觀音大士告知仙童女思凡落紅塵苦修幾十載特來度上天門／（梁祝二）人跨白鶴騰雲上天庭

清石史撰《仙踪記略續錄》〈梁山伯 祝英臺〉（光緒七（1881）年）（文獻31）	女扮男裝與人共讀／女扮男裝者與人結拜為兄弟／女子哭吊情人墓忽裂墜下墓合／衣襟化蝶／梁祝蝴蝶之由來／義塚的由來／仙籍封守義郎鍾情女的由來／殉情男女死後冊居第五十六大隱山福地之甄山
清光緒二十五（1899）年《山伯寶卷》（寶卷3）	女扮男相士瞞過父母／女扮男裝外出遊學／丫環扮書僮伴讀／摘牡丹花插花瓶賭誓若貞潔則瓶中花瓶牡丹花鮮明若失貞則花枯／女扮男裝者與人結拜兄弟／女扮男裝者解衣露胸兩乳高峰肌膚似女形六月炎天不脫衣蹲姿小解打鴛鴦力氣小被疑為女妝／女扮男裝者辯稱男子胸高為丞相奶高必出公卿暗病則不寬衣立姿小解污穢觸犯神上之日月三興中之過往神明下之大王土地諸神以防他人識己為女妝／女扮男裝者托言為妹訂親實則以身相許以草蟲名猜古今人事（貴妃謀害蘇皇后蜜蜂點火自燒身妲姬好比田三嫂攪亂江山不太平蜘蟟好比琵琶怨和蕃出師漢拓軍武則天皇后

	心腸毒好比黃蜂尾上針蜘蛛好比閻婆昔前門張網等情人費仲尤渾如金蠍毒心還要害忠臣青草蛙蟆聲聲苦孟姜女啼哭倒長城）／以鳥禽名猜古今人事（楊貴妃沈醉朝陽殿好比海棠花下宿鵪鶉咬臍郎一去無音信好比李三娘家內望子規崔鶯鶯不見張生到好比黃昏頭專登像青草蔡伯喈上京求官去好比趙玉娘尋夫像鶯鶯唐僧吃盡多少難好比求取西天孔雀經穆素徵思相子宿夜好比悶坐西樓懶畫眉錢玉蓮願受荊釵聘闖垡閨房老鷦鴣）張果老諒原成親事好比年少歸相自己白頭兮／女扮男裝者借事物（八項）暗喻己為紅妝表露情愫／瓶中牡丹三年仍青枝綠葉／指血題書／世上所無藥方（東海老龍膽五色鳳凰腸蠶蛾頭上血蚊子眼睛眶八仙中指甲皇母殿上郎金雞腳上爪玉兔兩胸膛三十三天雨風雷電閃光）／吞信噎死／新娘頭拳撞墳哭祭禱祝顯應忽狂風飛沙雷雨霹靂墓開墳中陰魂叫人名／人化蝶

	（白衣黑點梁山柏黃衣白點女千金）/ 新娘投墳新郎懸梁自縊 / 陰魂到閻王殿向李判官懇求放行牛頭馬面帶冤魂進殿 / 枉死簿查陰魂死期 / 閻王差鬼使提枉死魂問案 / 閻王令判官到東嶽大殿取姻緣生死簿斷案 / 夫妻前生與願未了罰今生兩人分處兩地 / 閻王令陽壽未絕者喝還陽湯回轉陽間 / 判官領陰魂出幽冥路回陽 / 死人回陽自行開棺走出立墳上
清末（1900）河南刻本《新刻梁山伯祝英台夫婦攻書還魂團圓記》（鼓詞3）	女扮長街賣卦人瞞過父母 / 譏誚女扮男裝外出求學者回來報孩兒 / 埋三尺紅綾於土栽一枝月月紅賭誓若失貞三尺綾化灰塵若貞潔花紅葉放 / 日日滾湯泡花夜來火焚薰紅綾月月紅見滾湯越開越盛紅綾見火焚格外鮮明 / 女扮男裝外出求學 / 兩耳垂肩 / 雙手過膝 / 女扮男裝者與人結拜為兄弟 / 結拜誓言生同羅帳死同墳 / 左右腳何者先進門辨男女 / 女扮男裝者和衣而眠蒲桃大乳形走路女子樣說話女子聲臉上杭粉迹耳上釵

環印鞦韆打得精不敢藕池洗澡
被疑為紅妝／女扮男裝者佯稱
男子乳大為官職年年扮觀音臉
上有粉迹耳上有釵環形以防他
人識己為紅妝／床中置紙箱為
界踏破者罰作七篇好文章／疑
人為紅妝托言寫字在胸前問其
字義以偵測男女／以花鞋為聘
托媒（師娘）自定終身／女扮男
裝者借事物（十五項）暗喻己為
紅妝表露情愫／女扮男裝者反
寫女字使人離去問字義自己先
渡河以防他人識己為紅妝／三
寸金蓮／女扮男裝者托言為妹
訂親實則以身相許／佯稱有人
進來引人調頭望借機拿走訂親
信物／世上所無藥方（狂風三四
兩太陽影子半斤孫猴毛一大把
二郎鬍鬚一大根王母娘娘擦臉
粉玉皇戴的舊冠巾龍王毫毛三
兩正一兩鳳凰心靈芝草觀音瓶
水三盃）／相思病死／女子以死
要脅為情人吊孝／死人睜一隻
眼閉一隻眼至情人說中心事才
閉上雙眼／青天白日陰魂起陰
風阻擋新娘花轎前進／新娘拜

	墳禱祝顯靈天昏地暗狂風驟雨雷公電母風伯雨師格炸一聲如霹靂打開墳墓人進墓／半幅繡花裙化一雙花蝴蝶
清宣統元（1909）年廈門會文堂出版〔梁三伯與祝英台〕（歌仔冊 4）	譏誚女扮男裝者出門讀書帶行李回家雙手抱孩兒／埋七尺紅綾于牡丹花盆對皇天賭誓若失貞則綾羅臭爛牡丹開／女扮男裝外出求學／女扮男裝者與人結拜為兄弟／在粉壁寫字後以硯水潑壁成墨佯稱立姿小解尿濺字跡不知禮節巧計使男子學女子蹲姿小解／床中置汗巾為界越者罰紙筆分學內／女扮男裝者故意伸腳越床界受罰使家貧者不敢越界以防他人識破紅妝／男女同床三年男子不識同伴雌雄／女扮男裝者作詩相戲情挑男子暗喻己為紅妝／借事物（兩項）暗喻己為紅妝表露情愫／女扮男裝者以才子佳人（昭君漢王鶯鶯張拱姜女杞郎文君相如）古畫喻己為紅妝示愛／女扮男裝者裸露胸部雙乳示愛／啞謎喻婚期（二八三七四六）／賭誓貞潔則牡丹三年不開花應

驗／貞潔女名聞鄉里／三寸金
蓮／誤猜啞謎造成悲劇／對天
立誓若辜恩負義則遭雷打身死
成路旁屍／對日月三光賭誓若
辜恩負義則落血池／得相思病
者左手尺脈灼熱右手脈理全無
／鳥（鶯歌）解人語／飛鳥（鶯
歌）傳書／鳥（鶯歌）叫人名／
世上所無藥方(六月暑天霜正月
白梅樹金雞頭上髓龍肝鳳腹腸
仙蛋做湯貓腱水雞毛／相思病
死／女扮男裝吊孝／女子以死
要脅為情人吊孝／新娘佯稱腹
痛新郎心驚以為鬼魂顯靈差人
買紙錢牲禮應允新娘祭坟／新
娘哭祭舉金釵打墓碑禱祝顯應
墓開人闖進瞬間狂風大作烏天
暗日／人化蝶飛上天／掘墓尋
妻／人化青石牌（人化石）／殉
情男女化二青石分置溪東西一
長杉（梁三伯）一長竹（祝英台）
並做一排／新娘投墳新郎搥胸
吐血氣死歸陰司沿路啼哭尋妻
／山神土地詢問啼哭陰魂／閻
王令差役領火簽共火牌捉拿陰
魂問案／閻君令文判崔先生呈

	姻緣號簿斷案 / 姻緣號簿註明人世姻緣 / 金童玉女降凡十八年 / 燈猴成精降落陽世 / 閻君判燈猴精領火牌回陽做馬王 / 閻君斷有罪贖金童玉女陰魂遊地獄後上天曹團圓 / 陰府金銀奈何三橋分別由梁長者李道人施典型三人掌管 / 牛頭將軍 / 馬面將軍 / 酆都地獄鬼犯受剖骨流腸吹籠床炮烙油鼎刀鋸刀槌剝皮裝糠刑罰 / 枉死城陰魂赤身入水池血池 / 閻君告知金童玉女天上相戲弄貶落人間遇劫難 / 金童玉女遊地獄後鼓聲童幢接引上天台
清江蘇民間藝人抄本《梁山伯祝英台還魂團圓記》 （鼓詞 4）	玉皇坐凌霄殿耳紅面赤不安寧吩咐善神凡間走一巡查善惡 / 淨池月德星及黑煞神降凡 / 新娘出嫁泣墓怨氣擾天庭玉帝差陷地神開墓門 / 眾神推開墓門陰魂往外走新娘往內行 / 新娘投墳新郎氣死閻王殿前告狀 / 閻王差小鬼陰魂問案 / 天神簿註明人間事 / 閻王告知陰魂前世今世姻緣 / 前世姻緣失約今世夫妻先離後合 / 閻王不許陰

| | 魂入枉死城而回陽復生 / 新郎掘墓尋妻驚動神仙 / 梨山老母呂洞賓算出算出殉情男女訣別八年才團員 / 神仙（梨山老母呂洞賓）救出墳中殉情男女 / 墓中出青蕈紅蕈結成虹 / 虹的起源 / 人能呼風喚雨 / 人能千變萬化 / 梨山老母救人回梨山看兵書學法術 / 呂洞賓救人回朝陽洞習文練武 / 女扮男裝外出求學 / 相思病死 / 陰魂托夢 / 神仙賜人紅羅套索包天羅帕無價寶 / 神仙預言人之未來 / 口唸真言咒語吞食六甲靈文成兩臂掌力千金重奪壺殺敵 / 寶帕回旋繞包了數百人 / 用捆仙繩綁人 / 女扮男裝者與人結拜為兄弟 / 將人抽筋刮骨熬油點天燈 / 用手一指人跌下馬 / 紙人紙馬陣前殺人 / 口喊捆了吧九股繩捆住人身動彈不得 / 人有排山倒海之能 / 對經招親 / 下五色馬 / 山河地理裙 / 女扮男科考中狀元 / 綵樓拋繡球招親 / 女狀元娶妻（招女扮男裝者為駙馬）/ 口唸六甲靈文撤包天羅帕 |

	時員大將不見形／念真言飛沙走石／念真言法術變出水火葫蘆往下傾上面火燒千萬丈下傾洪水／女將自立為王
清福州聚新堂藏版刻印本《梁山伯重整姻緣傳》(原題也做《新刻同窗梁山伯還魂重整姻緣傳》)(鼓詞5)	女扮男裝外出求學／女扮男裝者與人結拜兄弟／女扮男裝者露出白胸膛從未見換衣裳被疑為紅妝／女扮男裝者佯稱男兒朧大為宰相女人朧大潑婆娘滿身全是銅結鈕道身上下結無數解時解到二更後結時結到天大覺脫去衣裳是牛馬穿衣出入女子兒郎以防他人識己為紅妝／女扮男裝者借事物（五項）暗喻己為紅妝表露情愫／女扮男裝者托言為妹訂親實則以身相許／占卜預知姻緣不成雙／世上所無藥方（王母頭髮東海龍王舌三尺長半天老鴉尿半盞南海鳳凰尾一根麒麟背上甲三片海馬項上數錢鬃蜻蜓鼻骨一分半王蟻䟴筋重二分月裡桂花葉七片洞裡仙桃核半斤天上雷公手指甲冥中閻王腳後筋老君煉丹爐一個天河水一盅）／啞謎喻婚期（二八三七四九）／相思病死／

	新娘哭祭金釵插墓黑雲起墳頭新娘投墳 / 羅群化蝴蝶 / 前生註定梁山伯天上降下祝九娘在生三年同書院死入陰司得成雙 / 新娘投墳新郎纏死閻王殿前告狀 / 閻王拘提陰間問案 / 閻王令判官至七二司案查姻緣簿斷案 / 閻王看姻緣簿知陰魂陽壽未盡肆還魂 / 閻王斷今世夫妻後世姻緣 / 陰魂各吃還魂湯鬼使大喊好心驚三人嚇醒為一夢還魂 / 姻緣簿註明姻緣 / 夫妻本市前生訂七世修來結成雙 / 綵樓拋繡球招親 / 夜明珠 / 綁白絲於螞蟻腳下螞蟻頭沾油穿過九曲夜明珠
清上海槐蔭火房書莊刻本《梁山伯與祝英台全史》(鼓詞6)	金童玉女歸下界夫妻三世不成婚 / 三寸金蓮 / 女扮長街賣卜人瞞過父親 / 譏誚女扮男裝外出求學者回來抱孩兒 / 七星三尺紅綾于土上上栽月月紅一棵賭誓若失貞則三尺綾化灰燼 若貞潔則花紅葉放 / 每日以滾湯灌月月紅夜來火炭燻紅綾紅綾更鮮明 / 祝英台天仙女總有神明保佑 / 女扮男裝外出求學 /

| | 兩耳垂肩／兩手過膝／女扮男裝者與人結拜為兄弟／結拜誓言若三心二意生同羅帳死同墳／女扮男裝者和衣而眠蒲桃大乳形走路女子樣說話女子聲臉上杭粉跡兩耳穿洞蹲下尿尿做帝王以防他人識破紅妝／左右腳何者先進門分辨男女／疑人為女妝佯稱不知某字義欲於女伴男裝者胸前寫字偵測女妝／床中置紙糊箱為界蹬破者防七遍好文章／女伴男裝者佯稱蹲姿小解是有福氣人男人信以為真蹲之小解／女伴男裝者以紅繡鞋為聘托媒師娘自訂終身／女伴男裝者欲調戲情人驚動玉皇張帝尊（上方張玉尊）差金星李太白將男子換呆魂／女伴男裝者／借事物（十五項）暗喻己為紅妝／女伴男裝者反寫女字使人離去問義自己先渡河以防他人識破紅妝／女扮男裝者托言為妹訂親實則以身相許／啞謎喻婚期（三七二八）／月月紅遍牡丹花／紅綾埋花下三年仍舊鮮明可愛／占卜預言姻緣不 |

成／強猜婚期成悲劇／謊稱有
人來哄人回頭藉機取走信物／
雙碑墓／世上所無藥方（狂風三
四兩太陽影子辦兩孫毛猴一大
把二郎胡鬚一大根王母娘娘擦
臉粉玉皇戴的舊冠巾龍王鬍子
三兩正一兩鳳凰心靈芝草觀音
瓶水三杯）／死前見兩差人知死
期將至叫家人代穿衣裳而亡／
女子以死威脅為情人弔孝／死
不瞑目一隻眼開一隻眼閉至情
人說心中事才閉上雙眼／女子
領情人紙魂牌供在高樓早晚燒
香換水／死者青天白日顯應迷
轎一陣陰風阻擋女友出嫁陣容
前行／新娘祭墳禱祝顯應天昏
地暗狂風暴起大雨不住雷公雷
母風婆雷響墓開人進墓／繡花
裙碎片化花蝴蝶／新娘投墳新
郎撞死森羅殿上告狀／陽間行
兇作惡者陰間頭帶枷手帶杻／
陽間忤逆不孝著陰間上刀山／
陽間不敬翁姑者陰間下油鍋／
陽間一夫兩妻者陰間鋸鋸子／
陽間淫惡婦人陰間磨子裏磨／
陽間欠人宿債者陰間剝衣來生

	變牛馬還人債務／陽間行善人陰間平安過奈何橋／陽間行惡人陰間打下三寸寬萬丈高之奈何橋橋下有虎豹蛇狼／閻王告知告狀者陰魂所娶妻子乃上方天仙女不能配凡人／金童玉女打破玻璃盞玉皇大帝貶罰凡間走三巡三世不成婚／閻羅菩薩查簿知人陽壽未盡送還陽／人化白鶴上天庭／死者還生自身坐起／金童玉女三世歸上界上天台
清末廣州芹香閣刻本《全本梁山伯即係牡丹記南音》（木魚書1）	譏誚女扮男裝外出求學者貪圖才子結朱陳／摘牡丹花置瓶對火神賭誓若貞潔則牡丹花鮮若失貞則花枯／賭誓若失貞潔則墮酆都地獄／三寸金蓮／女扮算命師瞞過雙親／女扮男裝外出求學／女扮男裝者與人結拜為兄弟／女扮男裝者佯稱有疥瘡與人同床異被／女扮男裝者以尿水淋牆假賴同學射尿上牆甚無禮巧計使男子蹲姿小解違者罰一枚高紙劄以防他人識破紅妝／女扮男裝者巧計蹲姿小解違者受罰要求先自罰以防他

人識己為紅妝／女扮男裝者露
奶六月炎天不脫衣裳石擊鴛鴦
力氣小和衣過河被疑為紅妝／
女扮男裝者佯稱男兒奶大為丞
相女人奶大潑皮娘孟秋刀七始
兒無寒脫衣過水無規矩解得鈕
開嫌阻事赤身失禮海龍王以防
他人識己為紅妝／假意詢問字
義欲于女扮男裝者肚上寫字偵
測男女／以蕉葉為席男人睡過
青綠女人睡過瘀色偵測男女／
女扮男裝者夜裡偷鋪蕉葉於瓦
面至天亮使蕉葉青綠以防他人
識己為紅妝／借事物（白石榴大
蠆蜞井中好容顏白鶴藕蓮魚船
就岸神堂神像一陰一陽）暗喻己
為紅妝表露情愫／女扮男裝者
托言為妹訂親實則以身相許／
埋七尺紅羅於地對三光賭誓若
失貞則紅羅宵爛／七尺紅羅埋
地三年仍舊鮮明／啞謎喻婚期
（三七四六）／世上所無藥方
（千年狗尾草番塔頂斗狗屎乾
神仙佢指甲八十婆婆奶汁佢賞
萬丈深潭龍脊骨雷公腦上漿老
虎額頭三點汗千年飛禽老鴉王

	海上千年水兒屎番貓骨炒湯）/ 從女子讀書聲細細女人肉軟色白似銀奶大眉灣辨識男女 / 吞信噎死 / 新娘從早到晚哭祭禱祝陰魂見墳頭燭火踏陽台望見情人顯靈喝聲收命鬼墳開攝住新娘 / 裙帶化蛇 / 羅裙碎片化蝴蝶 / 花蝴蝶的由來 / 陰魂結鴛鴦 / 新娘被攝入墳新郎吊死至閻王處告狀 / 閻王差夜叉捉拿陰魂問案 / 閻王令判官查簿知壽命短長 / 閻王判枉死者還陽 / 閻王斷令今世鴛鴦二世鴛鴦 / 閻王令夜叉帶陰魂還陽指明回家路 / 陰司十殿閻王 / 綵樓拋繡球招親
清廈門會文堂《最新梁山伯祝英台新歌全集》（又名《三伯英台遊地府歌》）（廈門會文堂）（歌仔冊 6）	女扮江湖相士瞞過父親 / 摘牡丹花置瓶中對天地三光賭誓若貞潔則牡丹花色鮮豔若失貞則花枯 / 女扮男裝外出求學 / 丫環扮書僮伴讀 / 女扮男裝者稱小解共人一處大壞斯文巧計使男女解手不同行 / 床中置汗巾為界 / 借事物（五項）暗喻己為紅妝表露情愫 / 女扮男裝者寫詩托言為妹訂親實則以身相許

	／女扮男裝者與人結拜為兄弟／瓶中牡丹三年色新如昔／天煞日娶親天神下降忽然房中起火燒死新郎／相思病死／情人相思病死女子亦殉情而死／鬼魂到陰司尋情人錯至鬼門關牛頭馬面在兩邊滿路鬼卒小鬼中堂一位判官司／判官判陽壽未盡善家人子節義女子回陽夫妻團圓／鬼魂至枉死城九曲台／生前做壞事死後陰司報應受罰／陽間定婚夫妻陰間相遇／閻君賞善魂升天罰惡鬼地獄受凌遲／鬼卒彩旗金鼓送陰魂回生／陰魂打傷陰間小卒又誣告官司閻君判墮落地獄不超生／陰魂陰間告狀／姻緣冊註明夫妻姻緣／人壽盡化蝶至陰司
清末浙江寧波鳳英齋（清末書舖約 1860 至 1910 年間）刻本《梁山伯祝英台回文送友》（寧波戲 1）	借事物暗喻己為紅妝表露情愫／啞謎喻婚期

索引

一、類型索引

（一）梁祝 749A 類型故事索引

文獻 3、7、13、16、17、18、20-2、21-2、21-3、22、28、29、31、33　詩 3、4、5　故事 1、2、3、4、5、8、12、13、14、15、16、17、18、26、35、42、51、64、65、74、75、78、80、86、87、88、89、91、93、94、95、96、97、99、100、103、104、106、108、109、110、113、117、119、120、121、124、125、126、127、128、141、147、148　民歌 2、4、6、8、10、12、16、17、19、22、23、26、28、29、31、32、34、35、38、40、45、48、49、52、58、60、68　鼓詞 1、3、7、8、10　彈詞 3、5、7　木魚書 4　河南墜子 1　大調曲子 1　山東琴書 9、16　豫東琴書 1　清曲 1　蓮花落 1　歌仔冊 2　三弦書 1　京韻大鼓 1　常州唱春 1　雜劇 1　京劇 1、2、8、10　越劇 7、8、9、10、25、27、42　晉劇 2、3　侗戲 1　豫劇 2、3　贛劇 2　川劇 3、12　秦腔 1　黃梅戲 3、4、5、6　粵劇 6、7　崑劇 1　歌仔戲 9、10、11、12、13、15　彩調劇 1　青海平弦戲 1　薌劇 1　長沙花鼓戲 1　花鼓戲 2　音樂劇 1　小說 1、2、3、6、7、8、10、11、14　電影 1、2、3、4、5、6、9　電影小說 1　電視連續劇 2、3、4、5、6、7　綜藝連續劇 1　漫畫 1、3

（二）梁祝 749A.1 類型故事索引

故事 6、9、45、54、85、90、101、102、112、142　民歌 3、14、18、20、21、24、41、59、69、70　鼓詞 5、6　彈詞 1、2　福州平話 1、2　木魚書 1、5、6　寶卷 1、2、3、4、5、6、7、8　四川花鼓 1　錦歌 14　歌仔冊 1、3、4、5、6、10、11、15、21　湖北小曲 1　竹板歌 1　潮州說唱 1　喪鼓曲 1　鑼鼓書 1　棠邑腔 1　和劇 1　閩劇 1　粵劇 5、14　歌仔戲 2、3、4、5、6、7、8　海陸豐 1　小說 4、5、9

（三）梁祝 749A.1.1 類型故事索引

故事 11、134　鼓詞 2、4　歌仔冊 12、13　越劇 1　淮劇 2　川劇 11

黃梅戲 2　壯劇 1　竹板歌 2

（四）梁祝 885B 類型故事索引

文獻 2、4、8-1、9、10、11-3、12-1、15、23-2、24、25、27、32　故事 7、19、22、79、115、130、136、137、139、140、146、149　民歌 13　江淮劇 1　布依戲 1　五調腔 1　故事劇 1　小說 13、15　電影 8

（五）不屬梁祝類型故事索引

文獻 1、5、6、8-2、11-1、11-2、12-2、14、19、20-3、21-1、23-3、30-1、30-2、30-3、34-1、34-2　詩 1、2　故事 10、20、21、23、24、25、27、28、29、30、31、32、33、34、36、37、38、39、40、41、43、44、46、47、48、49、50、52、53、55、56、57、58、59、60、61、62、63、66、67、68、69、70、71、72、73、76、77、81、82、83、84、92、98、105、107、111、114、116、118、122、123、129、131、132、133、135、138、143、144、145　民歌 5、7、9、25、27-1、27-2、27-3、30、33、36、37-1、37-2、37-3、37-4、42、44、46、47、50、51、53、54、55、57、65、71、72　雜曲 1、2、4　歌曲 1、2、4、8、9、11、12　鼓詞 9　大鼓書 1、2、3　彈詞 4、6、9、10　木魚書 2、3　寶卷 9　宣卷 1　四川清音 1、2、4　四川花鼓 4、5　河南墜子 2　山東琴書 1、2、5、6、7、8、10、11、12、13、14　揚州清曲 1　錦歌 2、3、4、6　歌仔冊 7、8、9、14、16、17、18、19、20　湖北小曲 2　利川小曲 1　寧夏小曲 2、4、5、6　潮州說唱 2　湖南三棒鼓 3　跳三鼓 2　陝南花鼓 1　大廣弦說唱 1　薌曲說唱 5　十番八樂 2、4、5、10　伬唱 1　南音 2、4、5　滿江紅 1　四川連廂 1　東北二人轉 2、5、9、12　元戲文 1　明傳奇 1、2、3、4、5、6、7、8、9、10、11、12、13　拉場戲 1、3　呂劇 1、2　洪洞戲 1、2　定縣秧歌劇 1　京劇 3、9　崑曲吹腔 1　高腔 1　寧波戲 1　灘簧 1　越劇 2、3、11、12、13、14、15、16、17、18、19、21、22、23、24、26、28、29、30、31、32、34、35、36、37、39、40、41、43　紹興文戲 1、2　晉劇 1　閩劇 2、3　豫劇 1　贛劇 1、3、4　淮劇 1　睦劇 1、4　莆仙

戲 1　川劇 1、2、7、8、9、10　秦腔 2　楚劇 1、2、3　黃梅戲 7、10　瓊劇 1　錫劇 2、3　揚劇 2、3、4、5　河北梆子 1、2　滬劇 1、2　滇戲 1、2　粵劇 1、2、3、4、9、10、11、12、13、15、16　南管 1、2　歌仔戲 1、14、16、17、18、19　白字戲 1、2　婺劇高腔 1　西吳高腔 1　侯陽高腔 1　調腔 1　新疆曲子劇 1　海城喇叭戲 1　廬劇 1、2、4、6　二夾弦 2、3、4　北京曲劇 2、3、4　湖南花燈戲 4　長沙花鼓戲 2　湖北花鼓戲 1　岳陽花鼓戲 1、2　襄陽花鼓戲 2　東路花鼓戲 1　花鼓戲 1　花朝戲 1、2　龍江劇 1　陽新採茶戲 2、3　武寧採茶戲 5、7　萍鄉採茶戲 1　寧都採茶戲 1、2　吉安採茶戲 2　撫州採茶戲 1　上饒採茶戲 2　晉北大秧歌 1　晉北道情 1　堂戲 3　四川曲劇 1、2、3、5、7、18、21、23　安徽曲劇 2　含弓戲 1　泗州戲 1　二人台 3　東路二人台 1　小說 16　電影 7　電視連續劇 1、8　漫畫 2　劇本 1

（六）其他類型故事索引

二、情節單元索引

（一）749A 類型情節單元索引

（1、依情節單元發生先後排序 2、同質情節單元依筆畫排序）

情　節　單　元	故事編號
盤古開天地	民歌 49
女媧造人	民歌 49
王母娘娘五千歲	故事 3
神仙應邀蟠桃會	故事 3
三十三天上神仙	侗戲 1
蟠桃五百年小結一千年一大熟	故事 3
金葫蘆中有三顆千年金丹	故事 3
神仙駕五彩祥雲	故事 3
神仙駕祥雲上西天	侗戲 1　歌仔戲 11
南極仙翁變毛頭姑娘	故事 3
觀音娘娘化身長老	故事 8
齊天大聖拔身上一根毫毛吹氣化成小猴瞬間變為二二變為四四化成八眨眼之間化成四萬八千個小猴	故事 3
齊天大聖吹氣四萬八千小猴兒消失空中招手抓住原先身上毫毛又長回身上	故事 3
姻緣前生定	鼓詞 1
前世姻緣	民歌 40
二世姻緣	民歌 49
二世轉世投胎	故事 51

抱回來

綾臭爛牡丹開花	
埋紅綾於牡丹樹下賭誓若貞潔則紅綾三年不朽爛	電影 5
埋紅綾羅于花園土內擊掌賭誓若貞潔則綾羅如花若失貞則爛成筋	侗戲 1
埋紅羅牡丹一處賭誓三年外出求學若失貞則羅紅朽爛花開若貞潔則三年後才開花	歌仔戲 9
埋烏菱於土賭誓若貞潔則烏菱完好能重栽若失貞則爛為塵埃	民歌 49
埋錦羅於牡丹花下賭誓若貞潔則花鮮錦新若失貞則錦爛花枯	故事 100
摘牡丹花置瓶中神前賭誓若失貞則花枯人抱石投江若貞潔則花鮮常新	鼓詞 1
賭誓失貞則做馬讓人騎	歌仔戲 9
賭誓若貞潔則牡丹花常鮮豔若失貞則花死	故事 4
賭誓若貞潔則圓仔花純紅若失貞則花變黑紫色	故事 127
賭誓貞潔則花榮失貞則花枯	電影 1
父親要求女扮男裝外出求學者若失貞則以七尺紅綾自裁	彩調劇 1
父親要求女扮男裝外出求學者若失貞則自行了斷	小說 6
女子以死要脅外出求學	民歌 8　大調曲子 1 小說 8
女扮男裝外出求學	文獻3、17、21-2、28、29、33　詩3　故事1、2、3、4、5、8、12、13、14、15、16、17、35、51、64、65、78、89、91、93、94、95、100、104、108、109、110、117、120、124、125、126、128、141、147、148

民歌2、8、10、17、19、22、23、26、28、29、31、32、34、45、48、52、56、68　鼓詞7、8、10　彈詞5　木魚書4　河南墜子1　三弦書1　大調曲子1　蓮花落1　山東琴書9、16　豫東琴書1　清曲1　京韻大鼓1　常州唱春1　雜劇1　京劇10　越劇7、8、9、10、25、27、42　晉劇2、3　侗戲1　豫劇2　贛劇2　川劇3、12　秦腔1　黃梅戲3、4、5、6　粵劇6、7　崑劇1　歌仔戲9、10、11、12、13、15　薌劇1　青海平弦戲1　長沙花鼓戲1　音樂劇1　小說1、2、6、7、8、10、11、14　電影1、2、3、4、5、6、9　電影對說1　電視連續劇2、3、4、5、6　漫畫2、3

〔女扮男裝外出求學〕　故事96　民歌38、40

女子幼扮男裝與人共學　文獻13、20-2、31

女扮男裝上廟燒香　故事8

女扮男裝求功名　民歌12

女扮男裝冒名科考中第　電視連續劇5

女扮男裝與人共讀　民歌4、6、58、60

躲避宮中選美女扮男裝外出求學　民歌49　彈詞3

丫環扮書僮　小說11

丫環扮書僮外出伴讀　故事125　民歌16、17、49　京劇1　越劇7、8、9　侗戲1　川劇3　秦腔1　黃梅戲4、5、6　粵

地滅五雷轟

	音樂劇1 小說6、7、8、11、14 電影4 漫畫3 電視連續劇6、7
三寸金蓮	故事16、17、93、108、110、125 民歌2、22、38 鼓詞1、3 木魚書4 河南墜子1 山東琴書16 清曲1 三弦書1 常州唱春1 黃梅戲4 崑劇1 歌仔戲9、11、13 音樂劇1 小說11 電影5
（佯稱同床者夜裡壓身）床中置碗水界	電影1
三年和衣而眠	故事93 民歌12、56 彩調劇1 小說1
女子和衣過溪以防人識破身份	歌仔戲10
女扮男裝者三寸金蓮過河不脫鞋托言四海有龍王水神巡江	民歌17
女扮男裝者不與人同浴以防他人識己為紅妝	電視連續劇5
女扮男裝者半夜將焦葉給露淋使焦葉青綠以防他人識己為紅妝	民歌8
女扮男裝者巧計使人不識紅妝	故事108、109 侗戲1
女扮男裝者托言立地小解褻瀆日夜神明蹲姿小解	民歌22
女扮男裝者行經褲底染紅佯稱點胭脂以防他人識己為紅妝	故事104
女扮男裝者床中置汗巾為界越者罰金買紙筆分贈同學以防家貧者識己為紅妝	故事16
女扮男裝者身藏射筒射水標的遠佯稱男子屙尿以防他人識己為紅妝	民歌8
女扮男裝者佯稱三人同行小解尿糞擠塞無路淨小便無禮對天光巧計使人小解不能同行出入得翻紅黑字違者罰責十板	鼓詞1

女扮男裝者與男子共枕三年不成雙	民歌 26
十八相送	民歌 10、26　越劇 10　電視連續劇 5
十八里相送	民歌 48、49　常州唱春 1　彩調劇 1　小說 8、11
女扮男裝者借事物暗喻己為紅妝表露情愫	故事 1、5、12、13、15、16、18、78、93、96、108、110、120、126、141、148　民歌 2、10、12、16、17、19、22、23、26、31、40、48、49、56　鼓詞 3、8　木魚書 4　河南墜子 1　大調曲子 1　山東琴書 9、16　豫東琴書 1　清曲 1　三弦書 1　京韻大鼓 1　雜劇 1　京劇 1、2、8、10　越劇 7、8　晉劇 2　侗戲 1　豫劇 2、3　川劇 3、12　秦腔 1　黃梅戲 3、4、5、6　粵劇 6、7　崑劇 1　彩調劇 1　歌仔戲 9、10、11、12　青海平弦戲 1　音樂劇 1　長沙花鼓戲 1　小說 6、7、8、10、11、14　電影 2、3、4、5　電視連續劇 2、3、6、7　漫畫 3
女扮男裝者與男子並立井邊照影分男女	漫畫 3
女扮男裝者托言為友訂親實則以身相許	故事 108
女扮男裝者托言為妹訂親實則以身相許	文獻 29　故事 1、2、4、5、12、15、17、51、65、78、93、96、125、141　民歌 12、16、19、26、48、49、64、68、124　鼓詞 3　彈詞 3、5、7　清曲 1　木魚書 4　蓮花落 1　京劇 1、2、8、10　越劇 7、8、27、42　晉劇 2、

女扮男裝者以蝴蝶玉扇墜為聘托媒自訂終身	故事75　民歌52　京劇10　越劇8　豫劇2　小說6、11、14　電視連續劇6、7　漫畫3
女扮男裝者以鸞鳳金釵為聘托媒自訂終身	崑劇1
女扮男裝者以繡鞋為聘托媒自訂終身	黃梅戲3
啞謎喻婚期	故事4、16、17、96、104、124、125、127　民歌2、19、34、49　鼓詞3　木魚書4　清曲1　歌仔冊2　三弦書1　傜戲1　豫劇2　歌仔戲9、11、12　小說6、11　電影1、5　漫畫3
誤猜啞謎造成悲劇	故事16、104、127　民歌2、49　鼓詞3　三弦書1　傜戲1　歌仔戲9、11、12　小說6、11
誤聽同音字導致悲劇	故事5
人向馬問某人去向	民歌60
人向雞問某人去向	民歌60
人以贈帽為報酬向戴帽鳥問某人去向戴帽鳥告知去向	民歌60
人騎紙馬遇河水扛過河	故事14
女扮男裝者獻乳示愛	歌仔戲9、15　音樂劇1
女扮男裝者直言己為裙釵女示愛	山東琴書16
女扮男裝者露出三寸金蓮示愛	豫東琴書1
女扮男裝者獻絲綢肚圍示愛	歌仔戲11
女扮男裝者獻弓鞋示愛	歌仔戲11
女扮男裝者說明身份以表情愫	歌仔戲11
一日三遍潑臭污水于豬槽底下紅綾三年	故事93

紅綾鮮豔如昔

燭花結雙蕊預示喜訊	越劇 7　電影 3　電視連續劇 2
燭花結雙蕊預兆喜事	漫畫 3
滿池荷花一夜消失預示凶兆	故事 35
擲骰子預言姻緣吉凶	故事 96
花枯預兆出事	故事 109
訂親夜夢惡兆（聘鐲斷在手）成真	民歌 19
惡夢中白虎坐中堂預示悲劇	侗戲 1
籤文預示凶兆	小說 11
夢兆預示未來	小說 14
占卜預示婚姻不諧	電視連續劇 4
占卦預測未來	民歌 56
情人父是殺父共犯	電視連續劇 4
情人父母是殺父共犯	電視連續劇 5
殺手因被害者孝心而放其生路	電視連續劇 5
抗旨逃婚	電視連續劇 4
以手掘泥尋蝴蝶玉扇墜掘成深井	故事 75
斑鳩引路	故事 75
飛鳥(鴿)傳書	歌仔冊 2　歌仔戲 9　電影 5　綜藝連續劇 1
蝴蝶作人語	故事 113
鳥（鴛鴦）作人語	故事 12
鳥哭三聲作人語	歌仔冊 2
鳥作人語	歌仔冊 2　電影 9　電影小說 1　漫畫 2
蟲（砂砂蟲）作人語	故事 13
錦雞作人語	故事 14
白鵝作人語	故事 14

新娘與新郎回娘家路上發現情人墓上前哭祭突然雷雨大作劈死新郎	故事 64
迎親隊伍兩盞奠字大白燈籠一對哭棒一對靈幡	豫劇 2
新娘內白外紅轎前兩盞白紗燈轎後三千紙銀錠祭墳	小說 11
新娘內穿紅衣外穿素服祭墳	故事 5　民歌 38　京韻大鼓 1　京劇 1　川劇 3　秦腔 1　小說 7、10　電視連續劇 5
新娘內穿紅羅裙外罩白羅裙祭墳	故事 13、99
新娘外穿紅衣內穿白衣素服轎前兩盞白紗燈轎後三千紙錠祭墳	越劇7　黃梅戲6　電影3、4
新娘外穿紅衣內著重孝祭墳	故事 75　彩調劇 1
新娘外鳳冠霞帔素服膝行拜墳	崑劇 1
新娘白衣孝服祭墳	歌仔戲 12
新娘披麻戴孝祭墳	故事 110　小說 8
新娘素白孝服哭祭	故事 96　京劇 8　豫劇 2　歌仔戲 13
新娘祭墳廿四拜念祭文	歌仔冊 2
新娘頭頂麻冠身披重孝祭墳	故事 74
新娘轎前兩盞白紗燈	電視連續劇 7
新娘轎前兩盞白紗燈鳳冠裏戴白綾祭墳	歌仔戲 10
新娘轎前兩盞白紗燈轎後三千紙銀綻白衣素服祭墳	越劇 8　晉劇 2　豫劇 3　電視連續劇 6
新娘咬中指寫血碑	黃梅戲 3　電影 6
新娘咬指寫血碑	電視連續劇 4
新娘祭墳血書名字於墓碑	電視連續劇 5
墓碑自立	小說 6
死人墓中抬頭睜眼看	山東琴書 16

新娘哭祭地忽自裂陷入並埋其中	文獻 21-2
新娘哭祭地忽裂投墓而死	小說 2
新娘哭祭地裂墜墓	文獻 29
新娘哭祭墳裂人進墓墓合	越劇 25
新娘哭祭投墳	豫劇 3　黃梅戲 5
新娘哭祭狂風大作烏天暗地墓開人進墓墓合	電影 4
新娘哭祭忽天昏地暗墓開人進墓	京劇 2
新娘哭祭忽然雷響墳崩人進墓	民歌 48
新娘哭祭拔金釵插墓碑墓開人進墓	故事 100
新娘哭祭拔釵叩墓雷雨交加墓開進墓墓合雨停	贛劇 2
新娘哭祭炸雷劈墓碑成地道人進墓墓合攏風雨停彩虹見	故事 3
新娘哭祭突狂風暴雨碑倒土陷人進墓墓合	電影 6
新娘哭祭突然狂風暴雨雷電交加墓開人進墓一會兒天朗氣清風和日暖	漫畫 3
新娘哭祭風雨雷電轟隆隆墓開人進墓	粵劇 7
新娘哭祭閃電墓裂出白煙人進墓	電視連續劇 4
新娘哭祭鬼魂接人入墓	歌仔戲 15
新娘哭祭情人墓地裂而埋壁	文獻 33
新娘哭祭情人墳忽風雨驟至墓開人進墓墓合雨過天晴鮮花盛開	山東琴書 9
新娘哭祭陰魂顯靈風雨雷電墓開人進墓雷歇雨消	小說 8
新娘哭祭陰魂顯靈開墳	民歌 26、28
新娘哭祭陰魂顯靈墓開人進墓	常州唱春 1
新娘哭祭碰碑身亡	豫劇 2

新娘哭祭禱祝顯應天昏地暗狂風盆而雷電交加墓開人進墓	彈詞 7
新娘哭祭禱祝顯應天昏地暗狂風盆而雷電交加墓開人進墓墓合	故事 128　侗戲 1
新娘哭祭禱祝顯應天昏地暗雷電交加墓開人進墓	民歌 40
新娘哭祭禱祝顯應天搖地動雷擊墓開人進墓墓合	故事 74
新娘哭祭禱祝顯應以頭撞石墓開人進墓墓合	故事 109
新娘哭祭禱祝顯應玉皇大帝令雷公開墓人進墓墓合	故事 5
新娘哭祭禱祝顯應狂風墓開陰魂現人進墓墓合	歌仔戲 10
新娘哭祭禱祝顯應忽風雷電大作碑飛墓裂人進墓	黃梅戲 3
新娘哭祭禱祝顯應拜墓墓裂死人棺中起身含笑迎接口喊九弟快來新娘羅裙蒙面進墓墓合死後上天台	山東琴書 16
新娘哭祭禱祝顯應突然天昏地暗飛沙走石墓開人進墓又天色復明	故事 95
新娘哭祭禱祝顯應陰風吹開棺材門人撲墓	大調曲子 1
新娘哭祭禱祝顯應陰風起鬼魂現唯新娘見之他人不見忽雷電飛沙走石墓開人進墓與陰魂相擁而逝	崑劇 1
新娘哭祭禱祝顯應雷電交加撲墳墓開人進墓	京劇 1
新娘哭祭禱祝顯應雷聲隆隆天地助瞬間墓開人進墓墓合	民歌 19、22
新娘哭祭禱祝顯應墓開人進墓	故事 14、121　民歌 16　越劇 8　電影 1
新娘哭祭禱祝顯應墓開陰魂在墓中迎接	黃梅戲 4

陰間成婚

〔連理枝〕	詩4
女子幼與男子共學後化為蝶	文獻7、16、18、21-3、22
人化蝶	文獻14、28 詩4 故事3、4、8、13、18、26、35、42、80、87、97、100、103、104、106、127、147、148 民歌8、12、40、48 鼓詞1 彈詞3、5、7 木魚書4 山東琴書9 京劇2、8 越劇8、9、10、27、42 晉劇3 豫劇2、3 川劇12 秦腔1 黃梅戲3、5、6 崑劇1 歌仔戲9、11 花鼓戲2 小說3、7、14 電影2、4、5 電影連續劇2、3、4、5、6、7 綜藝連續劇1 漫畫3
人化蝶（人碰死化蝶）	故事113
人化蝶（上天庭）	民歌10
人化蝶（白蝴蝶為朱英台黃蝴蝶為梁山伯）	故事74
人化蝶（男子隨女子跳崖忽然崖下鮮花盛開一對蝴蝶飛入雲天）	民歌60
人化蝶（花中飛出雙蝴蝶）	民歌26
人化蝶（花蝴蝶本是英台女白蝴蝶就是梁大郎）	三弦書1
人化蝶（花蝶為梁山伯紅蝶為祝英台）	鼓詞10
人化蝶（金童玉女死後化蝴蝶相會）	民歌49
人化蝶（梁為黃蝶祝為花蝶馬為大黑蝶）	民歌2
人化蝶（雄蝶黑翅翼上有玉色官腰帶雌蝶有橘紅斑點）	故事95
人化蝶（黃蝶為祝英台黑蝶為梁山伯）	故事78

泥塊是祝英台裙所化）

纏成團化彩虹）

紅色裙角丟落處開出映山紅（又叫滿山紅）	故事 86
紅裙化紅花（映山紅滿山紅清明花）	故事 104
新娘投情人墳新郎自縊變成三石投三石於水變三鴛鴦二鴛鴦相依另一鴛鴦隨行於後	鼓詞 7
尸骨化石石化杉苗竹苗（兩石分兩邊左邊變杉苗右邊變竹苗）	故事 87
竹杖化淚竹（竹杖插地生根長葉變成淚痕斑斑之淚竹）	故事 75
淚水洒井混濁酸澀泉水變成清澈甜水	故事 75
將雙石分開一塊扔左邊山上一塊扔右邊山上瞬間左邊山上杉樹成林是山伯化身右邊山上毛竹成林是英台化身	故事 103
葵扇扇草花蛇變黑褐色再變灰黑色三變鐵青色	故事 88
新娘投墳新郎氣死	故事 18　侗戲 1　豫東琴書 1
新娘投墳新郎隨之投墳	民歌 2
新娘投墳新郎撞碑而死	鼓詞 10
新娘撲墳新郎發瘋	小說 14
五雷擊頂人死屍體化灰	民歌 49
雷劈死人	電視連續劇 5
掘墓尋妻	文獻 33　故事 2、3、16、17、18、51、87、100、117、120、124、128　民歌 23、26、38　歌仔冊 2　歌仔戲 9
掘墓尋人	故事 108　民歌 6、19、58
新娘祭奠埋身新郎言官開槨	文獻 3

（二）749A.1 類型情節單元索引

情 節 單 元	故事編號
七月七日玉帝於斗牛宮款宴群仙	小說 9
三月初三王母娘娘壽誕在瑤池款宴群仙	小說 9
玉帝令南極仙翁帶金童玉女到西池侍奉王母	小說 9
觀音佛貶罰動凡心之金童玉女下凡受苦不成夫妻	故事 102
上界金童玉女負罪下凡三世姻緣不團圓	故事 6
玉陰大帝壽誕金童玉女于凌霄殿談情說愛打破琉璃瓶玉帝降旨至斬仙台斬死太白金星說情貶謫凡間七世不得成婚	歌仔戲 8
金童失手打碎琉璃盞玉女在旁嗤笑玉帝令太白金星將金童玉女貶凡受折磨只有夫妻之名不成連理	小說 9
金童玉女互生愛意打破九龍杯玉帝罰投胎凡間三世夫妻不得團圓	故事 6
金童玉女打破天宮琉璃盞貶罰下凡	故事 142
金童玉女打破玻璃盞玉皇大帝貶罰凡間走三巡三世不成婚	鼓詞 6　小說 5
金童玉女打破琉璃盞貶罰下凡走三巡	寶卷 4
金童玉女犯錯為玉帝貶罰降凡間受苦不成婚姻	歌仔冊 1
金童玉女貶凡六世不成夫妻	小說 9
金童玉女歸下界夫妻三世不成婚	鼓詞 6
金童玉女蟠桃會上動凡念王母娘娘貶二人下凡七世不成夫妻	小說 9
仙人貶凡受苦	歌仔冊 11

隔日午時果然應兆	
東方五色彩雲	寶卷 5
兩耳垂肩	鼓詞 6
雙手過膝	鼓詞 6
中探花歡喜過度而死	故事 9
神人送靴帽藍衫叫女子扮男裝上山攻書	棠邑腔 1
女扮江湖算命人瞞過父親	寶卷 6
女扮男相士瞞過父母	故事 102　民歌 20　木魚書 1、5、6　寶卷 1、2、5　閩劇 1　小說 5
女扮男相士瞞過父親	故事 6　鼓詞 6　寶卷 3、7　彈詞 1　歌仔冊 6
女扮盲相士	粵劇 5
女扮賣卦先生瞞過父親	小說 9
譏誚女扮男裝外出求學者三年書籠裝孩兒	歌仔冊 10
譏誚女扮男裝外出求學者公公報外孫	小說 5
譏誚女扮男裝外出求學者去時冊巾攬冊去返來冊龔攬孩兒	歌仔戲 2、4
譏誚女扮男裝外出求學者去時寒巾攬冊去返來寒巾包孩兒	歌仔戲 6
譏誚女扮男裝外出求學者必失貞	和劇 1
譏誚女扮男裝外出求學者回來公公報外孫	鼓詞 6
譏誚女扮男裝外出求學者回來有丈夫（女婿）	民歌 20　小說 9
譏誚女扮男裝外出求學者回家抱子歸	福州平話 2
譏誚女扮男裝外出求學者此去得新郎	歌仔冊 3
譏誚女扮男裝外出求學者抱小外甥	故事 6
譏誚女扮男裝外出求學者是妖貓想吃臭	歌仔戲 5

腥魚

折楊柳枝供蓮臺埋紅帕于芭蕉樹下賭誓若失貞則柳枯紅帕褪色若貞潔則春枝綠葉柳花開紅帕丹紅	福州平話 2
牡丹插瓶賭誓若貞潔則花鮮若失貞則花枯	寶卷 3、7
紅裙丟溝壑賭誓若失貞則褪色若貞潔則獲准完成三年學業	故事 102
埋（七寸二）紅綾於牡丹花下賭誓若貞潔則花開紅綾無褪色若失貞則紅綾臭爛花未開	歌仔戲 4
埋（七尺）紅貢（羅）與牡丹一處潑水施肥賭誓若貞潔則牡丹花三年後開若失貞則紅羅朽爛牡丹開	歌仔戲 5
埋（七尺）紅羅于地對三光賭誓若失貞則紅羅宵爛	木魚書 1、5
埋（七尺）紅羅於花下賭誓失貞則羅爛花不開	潮州說唱 1
埋（九尺）紅綾於牡丹花下對神賭誓若貞潔則紅綾放毫光若失貞則天雷打死	民歌 3
埋（三尺）紅綾于土上栽月月紅一棵賭誓若失貞則（三尺）綾化為灰塵若貞潔則花紅葉放	鼓詞 6
埋（三尺）紅綾于土旁栽月月紅一棵賭誓若失貞則（三尺）綾化為灰塵若貞潔則花開鮮紅葉放	小說 5
埋（三尺）紅綾於柏樹下向過往日遊神賭誓若失貞則紅綾化爛百年老樹不萌芽若貞潔則柏樹萬葉紅綾色更鮮	寶卷 5
埋七寸二紅綾於牡丹花下賭誓若貞潔則花開紅綾無褪色	歌仔戲 2
埋七尺紅綾於牡丹花下賭誓若失貞則綾羅朽爛牡丹開	歌仔冊 1、4、5
埋紅綾於樹下賭誓若失貞則綾爛	民歌 18
埋紅綾綢於月季花旁以挖雙目賭誓若貞	故事 6

二心

結拜者若三心二意則急死化灰塵富貴榮華同享日間同桌夜同宿生同羅帳死同墳有官同做有馬同騎	鼓詞 6
結拜者發誓要效桃園結義情誼若負誓約永墮酆都地獄	福州平話 2
結拜者賭誓有福同享生死相顧患難相托如有私心神明殛之	小說 5
結拜者賭誓若負誓約則（自己）浸血池	歌仔戲 6
結拜者賭誓若負誓約則浸血池（仁心）	歌仔戲 2
結拜者賭誓若負誓約則被雷打死（士九）	歌仔戲 2
結拜者禱祝對方食百貳（長命百歲）	歌仔戲 6
結拜賭誓生無同生來相娶死願同死活同活	歌仔冊 11
結拜對日月三光眾神賭誓若違約則死落陰間浸血池五雷打死火燒屍	歌仔戲 5
結拜賭誓若負誓約則雷打無身屍	歌仔戲 6
結拜賭誓若違約則水流屍	歌仔戲 5
結拜賭誓若違約則死在路邊狗拖屍	歌仔戲 5
對天發誓若辜負情義遭雷打身死成路邊屍（三伯）	歌仔冊 4、5
對日月三光立誓若辜負情義則落血池（英台）	歌仔冊 4、5
床中設紙糊箱蹬破者罰作七篇好文章	鼓詞 6　小說 5
床中設紙牆為界踢破者受罰文房四寶分賞同學	故事 6
床中置匕首為界越者挨刀	民歌 21
床中置半碗水碰倒者罰一天讀書用紙	故事 102
床中置汗巾為界	歌仔冊 6
床中置汗巾為界越者罰紙筆	歌仔戲 4

床中置汗巾為界越者罰紙筆滿學內	歌仔冊 1、11 歌仔戲 2、4、5、7
床中置寒巾為界越者罰紙筆滿學內	歌仔戲 6
床中置翰巾為界越者罰紙筆滿學內	歌仔戲 3
床中置掯巾為界	歌仔戲 8
床中置紙糊箱子為界碰破者受重責	小說 9
床中置絲線為界碰倒者受罰紙三千聯	民歌 20
床中置碗水為界越者罰寫一百篇字跪三日聖人	粵劇 5
床中置線為界越者罰紙三刀	福州平話 2
床舖拉線劃界越界者罰紙三百張	民歌 69
女扮男裝者故意伸腳越過汗巾床界自罰紙筆使貧者不敢越界以防他人識己為紅妝	歌仔冊 1、4、5 歌仔戲 2、4、7
女扮男裝者故意伸腳越過翰巾床界受罰二百枝筆紙五刀以防他人越界識己為紅妝	歌仔戲 3
女扮男裝者故意將寒巾提來當被單受罰一百枝筆三刀紙使貧者不敢越界以防他人識己為紅妝	歌仔戲 6
女扮男裝者故意連續三日伸腳越過汗巾床界受罰二百枝筆紙五刀以防他人越界識己為紅妝	歌仔冊 10
女扮男裝者故意踢倒床界受罰使貧者不敢越界以防他人識己為紅妝	歌仔冊 11
女扮男裝者故意越界受罰一百枝筆紙三刀嚇阻家貧者越界以防他人識破紅妝	歌仔戲 5
女扮男裝者假意喝止他人蹬破隔床紙箱以防人識己為紅妝	寶卷 5
故意踢破床上為界之紙牆使人受罰	故事 6
老師知學生二人必有一女故床中置碗水水潑出則得另投名師	故事 9

女扮男裝者終日水潑灰壁巧計使男子蹲　　歌仔戲 7
姿小解

女扮男裝者提議學生小解全為坐姿免致　　民歌 69
牆倒

女扮男裝者整夜用水噴花壁似生苔痕巧　　歌仔戲 2
計使男子蹲姿小解

佯稱小解共人一處壞斯文巧計男女解手　　歌仔冊 6
不同行

佯稱立姿小便是賤骨蹲姿小便貴兒郎巧　　竹板歌 1
計使男子蹲姿小解

佯稱立姿小解不乾淨巧計使男子蹲姿小　　歌仔冊 1
解

佯稱立姿小解濺污灰壁成窟窿巧計使男　　歌仔戲 3
子蹲姿小解

佯稱蹲姿小解是有福之人無福之人狗澆　　鼓詞 6
牆男人信以為真蹲姿小解

佯稱衣衫上下三百銅鈕扣和衣而眠以防　　故事 9
被識破紅妝

佯稱蹲姿小解是有福之人無福之人狗澆　　小說 5
牆男人信以為真蹲姿小解

故意水潑灰壁似生苔痕巧計使男女學子　　歌仔冊 10
用尿桶蹲姿小解

尿水淋牆假賴同學射尿上牆無禮巧計使　　木魚書 1
男子蹲姿小解違者罰一枚高紙剳

尿水淋牆假賴同學射尿上牆無禮巧計使　　木魚書 5
男子蹲姿小解違者罰一枚高紙剳

女扮男裝佯稱怕冒犯上帝海龍王等天黑　　民歌 21
始和衣渡河以避災

女扮男裝和衣過江以防他人識紅妝　　歌仔戲 2、6　歌仔冊 21

女扮男裝者佯稱赤身露體觸龍王而穿衣　　木魚書 1
渡江

女扮男裝者佯稱上有青天下有地赤身露　　歌仔冊 3

體觸龍王而穿衣渡江

佯稱從小多病和衣而眠	寶卷 1
女扮男裝者夜裏偷鋪蕉葉於瓦面至天亮 使蕉葉青綠以防他人識己為紅妝	木魚書 1、5
男身冷女身煖蕉葉敷床男子臥蕉葉生鮮 女子臥蕉葉黃槁分辨男女	木魚書 6
夜裡暗將蕉葉霧露漂青以防他人識己為 紅妝	木魚書 6
女扮男裝者佯稱男人乳大平步金階觀音 會扮王昭君火氣大流鼻血揩在小衣上以 防他人識己為紅妝	小說 9
女扮男裝者和衣而眠他人意欲掀被窺探 女扮男裝者佯稱有賊扼止其行動	寶卷 5
女扮男裝者要人借竹篙探水深淺自己先 行解帶脫衣巾過河	民歌 3
女扮男裝者因女性特徵行徑被疑為紅妝	故事 102　民歌 3、20、 21　鼓詞 5　彈詞 1 福州平話 1、2　木魚書 1、5　寶卷 1、2、3、5、 6、7　歌仔冊 1、3、4、 5、10、11、21　竹板歌 1　閩劇 1　粵劇 5　歌 仔戲 2、3、4、5、6、7、 8　小說 5、9
女扮男裝者因女性特徵被疑為紅妝	木魚書 6　海陸豐 1
女扮男裝者打鴛鴦露乳被人識破紅妝	民歌 69
滿身都是銅鈕釦通身上下結無容	福州平話 1
條衣三百六十鈕	木魚書 6
衣裳三百紐絲六十扣	民歌 3
三寸金蓮	民歌 24、41　鼓詞 6 彈詞 2　福州平話 1 木魚書 1、5　寶卷 2、 5、7　歌仔冊 4、5、11、 21　湖北小曲 1　歌仔 戲 4、6、7、8　小說 5

女扮男裝者欲吐真情驚動玉皇天尊令太白星君下凡攝真魂換呆魂上身	小說 5
女扮男裝者欲調戲情人驚動玉皇張帝大尊（上方張玉尊）差金星李太白將男子喚呆魂使人總不動情	鼓詞 6
太白金星化成酒保讓人喝符身酒而失靈性	故事 6
人名被壓硯台下變成半痴	故事 102
太白金星送真魂歸人身使符身酒醒	故事 6
男子魂魄被攝而不解風情情人回家後魂魄始歸竅	和劇 1
名字從硯台下取出變人清醒	故事 102
下凡織女牽牛星欲互表衷情為值日神明察見上奏天庭上帝令太白星君失牽牛星魄使其從此不動情	寶卷 5
神仙讓人迷目不知八字重女子之示愛藉以保護該女子	歌仔冊 10
神明保護節義女子故向人示愛不成	歌仔冊 10、11
神明讓人迷目不知女扮男裝者之示愛	歌仔冊 11
十八相送	寶卷 4
十八里相送	故事 90　鑼鼓書 1
女扮男裝者借事物暗喻己為紅妝表露情愫	故事 9、142　民歌 3、18、20、21　鼓詞 5、6　彈詞 1、2　福州平話 1、2　木魚書 1、5　寶卷 3、5　四川花鼓 1　歌仔冊 1、3、4、5、6、10、11、21　竹板歌 1　潮州說唱 1　閩劇 1　粵劇 5、14　小說 5　歌仔戲 2、3、4、5、6、7、8　海陸豐 1
女扮男裝者做詩相戲情挑男子暗喻己為	歌仔冊 4

8

啞謎（丁口反把口字藏）	民歌 3
七尺紅綾埋地三年仍舊鮮明	木魚書 1、5
女子貞潔紅羅牡丹三年依舊花盛羅新	歌仔冊 3
女扮男裝者折楊柳插瓶埋紅帕於芭蕉樹下賭誓若貞潔則楊柳開花紅帕丹紅三年瓶中楊柳開花紅帕依舊丹紅唯胸前兩乳曾為人所見故丹帕點污了一點	福州平話 2
日日到梳頭湯水於芭蕉樹下三年芭蕉樹下所埋紅帕依舊丹紅	福州平話 2
以開水澆石榴花枝更盛	和劇 1
女扮男裝外出求學賭誓應驗不失貞潔牡丹花三年不開埋花叢紅羅鮮豔如昔	歌仔戲 5
每日以滾水灌月月紅花夜來火炭燻紅綾	小說 5
每日以滾水灌月月紅花夜來火炭燻紅綾而花越開放紅綾更鮮明	鼓詞 6
每日滾湯澆月月紅夜裡火燒紅綾三年月月紅依然茂盛紅綾如昔鮮豔	小說 9
每日澆水牡丹三年才開花埋牡丹盆下綾羅三年不爛	歌仔戲 6
花瓶牡丹三年依舊鮮明如昔	寶卷 3、7
紅綾埋花下三年仍舊鮮明可愛	鼓詞 6　小說 5
埋牡丹花下紅綾三年依舊鮮明	民歌 3
埋紅羅於牡丹花盆三年日夜澆水紅羅不爛牡丹不開	歌仔冊 1
埋綾羅牡丹邊澆尿水三年綾羅紅豔天上花神助牡丹三年不開	歌仔冊 10
埋樹下紅綾三年顏色仍十分新	民歌 18
瓶中牡丹三年仍鮮枝綠葉	彈詞 1
瓶中牡丹三年依舊鮮明（色鮮如昔）	寶卷 1、2　歌仔冊 6

褲帶煎水喝下歸陰司	歌仔戲 6
求婚不成憂鬱而死	故事 45
吞信噎死	彈詞 1　木魚書 1、5 寶卷 1、2、3、6、7
吞衫哽死	木魚書 6
吞羅帕哽死	民歌 21
死者死前見四美人前來知己死期已至	小說 9
死者死前見兩美（差）人前來知死期已 到叫家人代穿衣服	鼓詞 6　小說 5
死者死前金童玉女盤請叫人名天兵天將 滿屋叫人名	歌仔戲 5
人死前見天兵天將滿屋內王母差金童玉 女五更來迎接	歌仔冊 10
人死前見祖先來	寶卷 5
陰陽雙名碑	歌仔冊 10　歌仔戲 3、8
雙碑墓	鼓詞 6
報喪者得飲水消災除晦氣	歌仔戲 8
女子領情人紙魂牌供在高樓早晚燒香換 水	鼓詞 6
鬼魂不知自己已死	閩劇 1　粵劇 5
陰魂顯靈托夢	歌仔冊 1、10
陰魂托夢要情人墳前燒香	民歌 69
陰魂托夢預言青天白日搶親	歌仔冊 1
門神阻擋鬼魂入屋	歌仔冊 1
鬼魂向門神說情門神讓鬼魂入屋	歌仔冊 1
陰魂顯靈收僕為弟改其姓名且允諾庇佑	歌仔冊 1
陰魂顯靈懺悔早夭不孝勸父母收僕為子 代己盡孝道	歌仔冊 1

烈火燒身而亡新郎迎親日遭天火燒死	
天煞日娶親天神下降忽然房中起火燒死新郎	歌仔冊 6
死者青天白日顯應迷轎一陣陰風阻擋女友出嫁陣容前行	鼓詞 6
死者陰魂不散興起陰風飛沙走石阻擋女友出嫁陣容前行	小說 5
情人陰魂以陰風飛沙走石阻止新娘前行	小說 9
新娘內穿白裝外著紅衣哭祭	故事 6
新娘外穿喜服內著素服白綾祭墳	寶卷 5
新娘素服哭祭	閩劇 1 　粵劇 5
新娘佯稱情人冤魂不散討女兒赴陰司而要求祭墳消災	福州平話 2
新娘佯稱陰魂討命使人腹痛得祭墳消災	歌仔戲 2、3、4
新娘佯稱腹痛得煞得下轎祭拜情人墓祈求婚姻到老	歌仔戲 5
新娘佯稱腹痛鬼魂顯應新郎心驚差人買紙錢五牲應允新娘祭墳	歌仔冊 4、5
新娘假意腹痛佯稱祭墳可消災	歌仔冊 11
新娘祭拜同窗好友新郎以為識禮義差人買酒禮金紙	歌仔冊 1
新娘祭情人墳新郎派人買祭品	歌仔戲 3
新娘轎內佯稱腹痛得祭情人墳消災	歌仔戲 7
新娘謊稱祭情人墳可保佑夫妻百二年新郎差人買紙錢酒牲	歌仔戲 7
新娘以金釵打墳牌哭祭禱祝顯應青天白日墓開人進墓	歌仔戲 3、6
新娘以金釵打墳牌哭祭禱祝顯應陰魂展神威瞬間狂風大作烏天暗日墓開人進墓	歌仔冊 4、5
新娘以金釵打墳牌哭祭禱祝顯應墓開人	海陸豐 1

進墓

新娘讀祭文哭祭金釵插墳碑哭祭禱祝顯應青天白日墓開人進墓	歌仔戲 2
新娘讀祭文哭祭舉金釵打墓牌禱祝顯應青天白日墓開人入墓	歌仔冊 1
新娘日夜哭祭禱祝陰魂喝聲收命鬼墳開攝住新娘	木魚書 1、5
新娘出嫁過情人墓情人墓開迎接新娘入墓	民歌 59
新娘哭祭拔金簪插墳禱祝顯應墳頭起黑雲人進墓至陰間與情人成雙	福州平話 1
新娘哭祭金釵刺墓牌禱祝顯應陰魂腳踏彩雲降凡間掠人進墓	歌仔戲 8
新娘哭祭情人墳即景口授祭文忽雷雨大作墓開陰魂顯應拉人同歸陰	故事 142
新娘哭祭陰魂未散扣死新娘	寶卷 6
新娘哭祭陰魂顯靈拉新娘同歸陰	棠邑腔 1
新娘哭祭禱祝顯應殉情者變鬼還陽墓裂九尺（或三尺）擁抱新娘入墓	竹板歌 1
新娘哭祭禱祝顯應墓開陰魂迷人人進墓	潮州說唱 1
新娘禱祝顯應陰魂攝人入墓	歌仔冊 21
新娘佯稱小解下轎哭祭向山神土地禱祝顯應墓開人進墓	木魚書 6
情人相思病死女子亦隨之殉情而死陰魂入鬼門關九曲彎	彈詞 2
新娘哭祭金釵插墓黑雲起墳頭新娘投墳	鼓詞 5
新娘哭祭金釵插墳台禱祝顯應瞬起烏雲日月不明墳開（三尺）人進墓	民歌 3
新娘哭祭情人墓地忽開裂新娘進墓	小說 4
新娘哭祭禱祝顯應黑風萬丈（墓開）人進墓	民歌 24　湖北小曲 1

人化蝶（白衣黑點梁山伯黃衣白點女千金）	寶卷 3
人化蝶（白衣黑點梁山伯黃衣白點英台身）	寶卷 6
人化蝶（墓出二蝶）	故事 85
人化蝶（墓出兩樣蝴蝶是梁山伯祝英台）	彈詞 2
人化蝶（墓出蝶）	歌仔戲 2
人化蝶（墓出蝶飛上天）	歌仔冊 1、4、5 歌仔戲 3、4、5、6、8
人化蝶（墳出一對蝴蝶）	故事 112
人化蝶（攝他妻化蝶形）	寶卷 6
人化蝶飛上天	歌仔戲 7
人壽盡化蝶至陰間	歌仔冊 6
人魂化蝶	寶卷 1
人魂化蝶（白衣黑點梁山伯黃衣白點九娘魂）	寶卷 2
魂化蝶（白衣黑點為梁山伯白點黃衣祝英台）	彈詞 1
人化石	歌仔戲 3
人化石（墓中出二石一石擲一邊）	木魚書 6
人化石（棺中出鵝卵石）石化連理枝	民歌 21
人化石石化杉竹（墓出二片青石邦將二青石分置東西東長杉（梁山伯）西長竹（祝英台））	歌仔戲 5
人化石（墓中出青石枋）	歌仔冊 1
人化石（墓出二青石）	歌仔戲 7
人化石（墓出二青石分置東西）	歌仔戲 6、8
人化石（墳中出一對白石）	民歌 69

墓出二片青石邦一片丟東一片丟西一生竹（英）一生杉（梁）杉竹相連（人化石石化竹杉）	歌仔冊 4、5
男女殉情者化二青石分置溪東西一長杉一長竹並做一排	歌仔冊 1
墓出二石卵一個丟西邊一個丟東邊兩石自動滾在一起又分放兩座山崗頭兩石再次滾合	故事 102
人化山（供蠶結繭用的稻草把）	故事 85
人化桑樹	故事 112
人化鳥鳥化老鼠老鼠化蠶	故事 112
人化喜鵲喜鵲化小白鼠小白鼠化蠶	故事 85
人化鴛鴦	民歌 59
人化鴛鴦（墓中鴛鴦石下藏雙雙飛起入天堂）	歌仔冊 3
人化鶴（墳開人化白鶴沖天而去）	小說 5
人化鶴（人化鶴沖天西去）	小說 9
墳開人化白鶴上天庭	鼓詞 6
人化蠶的由來	故事 85
人化老鷹老鷹化青蛇青蛇化蒼蠅	故事 112
人化禿頭老鷹禿頭老鷹化花蛇花蛇化麻蒼蠅	故事 85
半幅花裙化蝶（一對花蝴蝶飛向天空）	小說 5、9
衣化雙蝶（紅者為梁黑者為祝）	和劇 1
衣衫碎片化蝴蝶（雄蝶為梁山伯雌蝶為祝英台）	民歌 21
裙尾化蝶	民歌 20　木魚書 6
裙角化蝶	故事 102

掘墓尋媳　　　　　　　　　　　　　　寶卷 5　小說 5

抄墳尋人　　　　　　　　　　　　　　民歌 14

掘死人枯骨棄江　　　　　　　　　　　民歌 3

殉情男女同穴婚姻介入者吊死葬旁墳掘　故事 9
墓挖棺後發現棺內有洞洞中有石床二一
是男女情人緊抱一是吊死者睜眼仰躺

太白神仙降凡欲予仙丹救男子使死後百　歌仔戲 6
日滿可回生男子不願而咬舌自盡

新娘投墳殉情新郎撞死三魂落魄見閻君　寶卷 4

新娘投墳新郎咬舌自盡歸陰司沿路啼哭　歌仔冊 1
尋妻

新娘投墳新郎急奔墓前不小心碰死陰魂　故事 45
地府告狀

新娘投墳新郎氣死　　　　　　　　　　民歌 59

新娘投墳新郎落陰　　　　　　　　　　錦歌 14

新娘投墳新郎搥胸吐血氣死歸陰司沿途　歌仔冊 4、5
啼哭尋妻

新娘投墳新郎撞死森羅殿上　　　　　　鼓詞 6

新娘投墳新郎撞墓門而死至森羅殿　　　福州平話 2

新娘投墳新郎撞墳而死向森羅殿冥王告　小說 9
狀

新娘投墳新郎嚇得跌破頭顱而亡　　　　寶卷 5

新娘投墳新郎嚇得魂飛破散從驢背滾下　故事 85
跌死

新娘被陰魂攝入墓歸陰新郎嚇死　　　　棠邑腔 1

新娘投墳新郎腰帶掛竹梢自殺　　　　　故事 9

二陰魂地府告狀從秦廣殿過梵江殿牢帝　故事 6
殿至五關殿一路對質都無結果直至閻羅
殿閻君才道明因緣

新娘投墳新郎咬舌自盡陰司告狀	歌仔戲 4
新娘投墳新郎咬舌自盡陰間閻君殿前告狀	歌仔戲 3
新娘投墳新郎咬舌自盡閻君殿前告狀	潮州說唱 1　歌仔戲 2　海陸豐 1
新娘投墳新郎氣死陰間告狀	故事 54、90、101　民歌 24、41、69　木魚書 6　四川花鼓 1　歌仔冊 3、21　歌仔戲 7
新娘投墳新郎碰死陰間告狀	故事 102
新娘投墳新郎搥胸吐血氣死歸陰司告狀	歌仔冊 11
新娘投墳新郎撞死森羅殿上告狀	小說 5
新娘投墳新郎懸梁自盡陰司告狀	彈詞 1　喪鼓曲 1
新娘被陰魂攝死新郎撞死歸陰閻王殿上告狀	寶卷 6
新娘被攝入墳新郎吊死陰間告狀	木魚書 1、5
新娘碰死墳前新郎氣死陰間告狀	故事 112
道師公超渡甲鬼魂並造陰狀千萬紙讓甲鬼魂至陰府十殿控告乙鬼魂強娶其妻	民歌 59
陰魂托夢予母親要其母做狀文給陰魂陰府告狀	歌仔戲 7
閻王令鬼卒帶陰魂至十殿告狀	歌仔戲 6
陰司對案	歌仔冊 11
陰魂向鬼卒哭訴冤情	歌仔戲 6
鬼魂向陰府秦廣殿楚江殿秦子殿宗王殿等十殿冥宮閻王告狀	民歌 59
鬼魂經鬼門關至第一殿楚江大王處鬼使喝阻前行告知冤情鬼使放行	寶卷 6
陰魂行經陰陽界鬼門關業鏡台森羅城入森羅殿向閻王喊冤	歌仔冊 1

情牛頭馬面放行

牛頭馬面阻擋啼哭陰魂入殿告知冤情牛頭馬面放行	寶卷 1、2
陰司十殿閻王	木魚書 1
陰司十殿閻王（一殿秦廣王二殿楚江王三殿宋帝閻羅四殿五官玉帝五殿黑面閻羅六殿卞成王七殿泰山王八殿平政閻君九殿都市閻王十殿轉輪定王）	木魚書 5
陰間有十八層地獄	故事 101
十八地獄	歌仔冊 1
四方地獄內分十八小地獄	歌仔冊 1
第一地獄灶君土地排兩邊	歌仔戲 2
第一地獄鬼門關刀山奈何橋亡山	歌仔戲 2
五殿閻君在陰司銀安殿迎接鬼王	民歌 3
閻王殿馬面牛頭（將軍）	彈詞 1、2　寶卷 3　歌仔冊 4、5
陰府金銀奈何三橋分別由梁長者李道人施典刑三人掌控	歌仔冊 4、5
牛爺馬爺看守奈何橋兩端	歌仔冊 1
文曲星掌修文閣	木魚書 5
牛頭馬面按文憑部札點鬼名入酆都城	歌仔冊 1
閻王令判官查簿以知進陰司之人名	潮州說唱 1
閻王查生死簿知人死期	寶卷 2、6、7
閻王令判官查簿看生死	彈詞 1　歌仔冊 21
閻王令判官查簿看壽命短長	木魚書 1、5
閻王令判官拿生死陰陽簿查鬼魂壽數姻緣	福州平話 2
閻王令查生死簿知人死期	寶卷 3
閻王令判官查簿以知進陰司之人名	潮州說唱 1

天府問案

（結髮夫妻的由來）

甲（馬文才）暗用糖膠塗髮以求與乙（祝英台）結髮糖膠落水變硬而適得其反	民歌 69
灘頭洗髮包公斷姻緣	故事 9
前世欠東嶽原（願）今世夫妻若斷魂陽壽未盡當轉世回陽夫妻團圓	寶卷 1、2
前生欠了東嶽願今生夫妻得死後而還陽始成婚	寶卷 7
夫妻前生許願未了罰今世二人分處兩地	寶卷 3
一世姻緣未成二世投胎成親	民歌 41
三世姻緣	故事 112　寶卷 4
三世姻緣不成婚（一世郭華王月英二世章郎保賈玉珍三世梁山伯祝英台）	鼓詞 6
七世夫妻	福州平話 1
七世夫妻（夫妻本是前生定七世修來結成雙）	鼓詞 5
緣簿註明人世姻緣貧富貴賤	歌仔冊 1
姻緣號簿註明人世姻緣	歌仔冊 4、5
姻緣冊註明夫妻姻緣	歌仔冊 6
姻緣簿載明人間姻緣	歌仔冊 11
姻緣簿註明姻緣	鼓詞 5
姻緣簿註明今世後世姻緣	潮州說唱 1
姻緣簿載明某人無姻緣	故事 102
（姻緣）簿註明姻緣	歌仔戲 7
（婚姻）簿註明姻緣	福州平話 1
陰陽（魂）簿註明姻緣	歌仔戲 2、3、4、8
《總簿》（生死簿）載人世姻緣	故事 54
生死簿載宿世姻緣	民歌 3

陰魂為父母要求判官送其回陽判官答應上稟閻羅視其造化	彈詞 2
陰魂持銀謝鬼卒要求赦放	潮州說唱 1
望鄉台	錦歌 14
陰府望鄉台可看陽間世界	歌仔戲 6
陰魂在望鄉台可見陽間家鄉	福州平話 2　歌仔冊 5
陰魂在望鄉台看見自己陽間屍者	歌仔戲 6
陰魂在陰府（望鄉）台見陽間註定姻緣之髮妻（掃箒精）	歌仔戲 7
陰魂至望鄉台見陽間親人陰陽相隔呼叫不應	歌仔冊 1
陰魂見墳頭燭火踏陽台望見情人	木魚書 1、5
陰魂陰府望鄉台看陽間家鄉悲聲不絕	彈詞 2
陰魂離開望鄉台至奈何橋	粵劇 14
枉死城	錦歌 14
枉死城陰魂入水池血池	歌仔冊 4、5
人死往枉死城	歌仔戲 2
地獄城（東獄西獄南獄北獄望鄉台枉死城）	歌仔冊 1
冤魂死後至枉死宮	潮州說唱 1
鬼魂至枉死城九曲台	歌仔冊 6
陰司小鬼告知陰魂枉死得於枉死城安身	歌仔戲 7
判官告知陰魂其情人將死入枉死城	彈詞 2
閻王斥罵陽壽未盡者到枉死城	歌仔戲 2
小鬼押陰魂入天牢	木魚書 6
閻王允許巫覡入東岳鄷都院覓鬼魂	木魚書 5
巫覡左手差兵三十六右手攜神七十二落陰間尋人	木魚書 5

死者還生後自坐起 　　　　　　　　鼓詞 6　小說 5、9

死者投魂復活拋棄尸骸現人形 　　　潮州說唱 1

死者復生 　　　　　　　　　　　　竹板歌 1

判官斷善家人子回陽夫妻團圓 　　　歌仔冊 6

金星得玉皇令下天門帶領天神天將軍六 　　寶卷 6
甲神將施法提起棺木予靈丹藥使陰魂還
生

冥王查生死簿知人陽壽未盡令鬼使送還 　　小說 5
陽世

冥王差陽壽未盡者還陽 　　　　　　小說 9

殉情男女還陽成（結）夫妻 　　　　故事 54　寶卷 7　歌仔
　　　　　　　　　　　　　　　　　冊 15

殉情男女轉世結為夫妻 　　　　　　小說 4

〔殉情男女死後還陽為夫妻〕 　　　故事 112

鬼王令牛頭馬面接催生送子娘送殉情男 　　民歌 3
女轉世投胎成夫妻

鬼卒送陰魂還陽 　　　　　　　　　福州平話 2

鬼卒彩旗金鼓送陰魂回陽 　　　　　歌仔冊 6

鬼魂還陽 　　　　　　　　　　　　故事 85

鬼頭風吹落陰者回陽 　　　　　　　木魚書 5

陰間公差引陰魂轉回陽 　　　　　　歌仔冊 21

陰間判官引陰魂離枉死城出鬼門關還陽 　彈詞 2

陰魂復生回陽 　　　　　　　　　　木魚書 6

陰魂結鴛鴦 　　　　　　　　　　　木魚書 1、5

陰魂領取文憑部札回陽 　　　　　　歌仔冊 1

陰魂還陽（結夫妻） 　　　　　　　棠邑腔 1　和劇 1

陰魂還陽變公豬 　　　　　　　　　故事 90

閻王令（陰魂）返魂 　　　　　　　民歌 70

閻羅菩薩查簿知人陽壽未盡送還陽世	鼓詞 6
閻王賜殉情男女還陽成夫妻	故事 101
還魂（團圓）	寶卷 8　鑼鼓書 1
小鬼帶陰魂回陽	歌仔冊 11
死者還陽告知冥王斷案事	小說 5、9
死而復生者告知凡人陰間事故	福州平話 2
人死後還魂告知凡人陰間所聞因果	寶卷 4
灌死人參湯死者復生	故事 9
閻王賜陰陽水讓陽壽未盡者回陽	歌仔冊 11
陰魂各吃還魂湯鬼使大喊好驚心三人驚醒為一夢還魂	鼓詞 5
閻王賜陰魂吃還魂湯回陽鬼使大喊「好驚人」三人驚醒如一夢	福州平話 1
閻王賜陰魂喝魂水回陽	木魚書 5　歌仔戲 2、3、4
閻王賜陰魂還陽湯回陽成夫妻奉養父母	民歌 69
閻王賜陽壽未盡者還陽魂湯令鬼使送至幽冥三界推下奈何橋各各驚醒	寶卷 2
閻王賜還陽水讓陰魂還陽	歌仔戲 6
鬼魂喝魂水還陽	歌仔戲 2、3
閻王令陽壽未盡者喝還陽湯回陽間	寶卷 3
陰魂飲回陽水借石回陽	歌仔戲 8
陰魂陽壽未盡閻王賜丹回陽	歌仔戲 7
閻王令小鬼給陰魂吃還魂藥死人還陽	故事 54
閻王令小鬼給陰魂還魂藥還陽	海陸豐 1
閻王令武判取回魂水給陽壽未盡之陰魂回陽	歌仔戲 8
閻羅天子賜陽壽未盡者還陽魂湯令鬼卒	寶卷 1

入地獄遊十八地府

陰魂遊十殿地府	歌仔戲 6
陰魂遊地獄－－東（酆都城）獄西獄南獄北獄	錦歌 14
閻王判有罪金童玉女陰魂遊地獄後上天曹團圓	歌仔冊 4、5
嚴君標賞陰魂遊地獄景緻	歌仔戲 2
閻王斷下凡金童玉女陰魂遊地獄後上天台	歌仔冊 1
陰魂至陰間遊蕩從三板橋城隍廟冷水坑大山墩三角埔北勢湖四川皇泉七日至鬼門關	歌仔戲 6
陰魂引新死者遊陰間	粵劇 5
地方鬼將領閻王聖旨帶陰魂遊地獄經水橋頭暗屋邊油滑山鐵樹邊至酆都城	歌仔冊 1
觀音佛祖乘五彩雙雲遊地獄	歌仔冊 1
閻羅天子奉上帝旨統轄鬼神察生前善惡判陰府冤魂	彈詞 2
閻王於閻王殿審判陰魂善惡輪迴報應	粵劇 5
閻王賜陰魂遊地獄以知善惡報應之不爽	潮州說唱 1
陰府閻君斷案善惡有報	閩劇 1
善有善報惡有惡報	寶卷 1
玉皇大帝知人行善念佛賜其貴子躍門庭	寶卷 1
陽間行善者死後得好報	歌仔戲 6
陽間作惡者死後陰間受刑罰	歌仔冊 1　歌仔戲 6
酆都地獄鬼犯受剖骨流腸吹籠床炮烙油鼎刀鋸石搥剝皮裝糠刑罰	歌仔冊 4、5
十殿閻王設刑具處置生前作惡者	歌仔戲 6
閻王賞善魂升天罰惡鬼地獄受凌遲	歌仔冊 6

卒持利刃動刑

陽間不孝子死後在陰府不得出世　　　　　歌仔戲2

陽間霸佔人妻者死後落油鼎　　　　　　　歌仔戲2

陽間虐待公婆者死後上刀山　　　　　　　歌仔戲2

陽間不認丈夫者死後落亡山　　　　　　　歌仔戲2

閻王令重打鬼魂三十二板　　　　　　　　歌仔戲2

陰魂大鬧陰府　　　　　　　　　　　　　故事6

陰魂不服閻王判決上天府告狀　　　　　　民歌59

陰魂不服玉皇判決玉皇不准陰魂轉陽世　　民歌59
迷魂陰府萬千年

陰魂抗議閻王斷案不公　　　　　　　　　歌仔冊1

告狀陰魂不服閻君判決大鬧陰府　　　　　故事6

閻王令鬼卒若無事收起鬼門關　　　　　　歌仔戲8

陰魂在陰間上京求官　　　　　　　　　　民歌69

閻王令開鬼門關放陰魂回陽　　　　　　　歌仔冊11

閻王令夜叉帶三陰魂指明回家路還陽　　　木魚書1、5

判官領陰魂出幽明路回陽　　　　　　　　寶卷3

夜夢閻王勾魂落陰間司酆都山閻王審訊　　木魚書5
甲願與乙丙何者結婚

喝過茶不識前生父母　　　　　　　　　　歌仔冊1

註生娘娘管理陰魂輪迴出生　　　　　　　歌仔冊1

前生善惡作為不同者領不同花卉輪迴得　　歌仔冊1
報應出生

註生娘娘坐殿宮娥綵女排兩邊花公花婆　　歌仔冊1
排紅花白花（紅花出生為男性白花出生
為女子）讓陰魂輪迴出世

陰魂踏雲梯十二步回凡間路上金童玉女　　民歌59
八洞天仙七星姐妹相送賀其鴛鴦結配萬
千年

（三）749A.1.1 類型情節單元索引

情　節　單　元	故事編號
王母以法力種仙桃于瑤池	歌仔冊 12、13
王母蟠桃園仙桃三千年結果六或九千年成熟	歌仔冊 12、13
老君上奏玉帝齊天大聖偷八卦爐仙丹玉帝大怒	歌仔冊 12、13
西天佛祖降伏齊天大聖嵌在太行山	歌仔冊 12、13
齊天大聖偷吃長生不老仙桃仙童七依仙女稟知王母	歌仔冊 12、13
齊天大聖喝仙酒吃仙丹大鬧王宮殺退天兵天將	歌仔冊 12、13
玉皇坐凌霄殿耳紅面熱不安寧吩咐善神凡間走一巡查善惡	鼓詞 4
南天門雷部護法大天君阻擋下凡出世碧女玉童進入天庭阻擋不住稟過李天王	歌仔冊 12、13
祝英台本是太上老君煉丹的玉爐	故事 134
梁山伯本是天河邊太上老君的仙鶴看守煉丹玉爐	故事 134
採藥童女轉世與五鬼轉世註定為夫妻	歌仔冊 12、13
淨池月德星及黑煞神降凡	鼓詞 4
貶凡者死後陰魂歸仙界（上天台回凌霄殿）	黃梅戲 2
貶凡碧女玉童回天庭廣明殿中看天書	歌仔冊 12、13
貶凡碧女金童回天庭遊東西南北四天門	歌仔冊 12、13
碧女玉童酒醉失落聚仙旗貶凡受苦十八年	歌仔冊 12、13
碧女經過南天門下凡投胎遇五鬼笑其醜	歌仔冊 12、13

五鬼誤以為碧女示愛隨之下凡投胎追求	
玉帝貶金童玉女下凡塵	竹板歌 2
神仙下凡點化金童玉女得道上天庭	竹板歌 2
五鬼凡塵轉世	歌仔冊 12、13
金光聖母下凡來信說明宿世姻緣	歌仔冊 12、13
金童玉女凡間緣盡回歸天庭	越劇 1
金童玉女打破天宮玻璃盞貶罰凡人間	故事 11
金童玉女動凡心蟠桃會上打破琉璃杯王母罰貶轉世人間	越劇 1
金童玉女蟠桃會笑王母娘娘梳妝不正搽粉不勻貶凡間受苦二十一年	黃梅戲 2
太上老君誤以仙鶴玉爐犯戒貶下人間	故事 134
仙鶴（男身）思凡玉爐台（女身）上遙望人間玉爐誤以仙鶴欺侮自己將身一搖仙鶴跌落天河	故事 134
玉皇令眾仙下凡托人凡骨轉天庭風雨雷神招魂攝影童子齊領命	竹板歌 2
雙手過膝	鼓詞 2
手長過膝	淮劇 2
兩耳垂肩	鼓詞 2　淮劇 2
譏誚女扮男裝外出求學者日後書巾包孩兒	歌仔冊 12、13
埋（七尺）紅綾於牡丹花下賭誓若失貞則紅綾朽敗	川劇 11
埋（七尺）綾羅於牡丹花下又潑水青尿賭誓若貞潔則牡丹花三年後開若失貞則綾羅臭爛牡丹開	歌仔冊 12、13
埋七尺紅綾羅牡丹花根於豬食槽腳擊掌賭誓若失貞則成爛泥若貞潔則色更鮮明	黃梅戲 2
埋綾賭誓貞潔	越劇 1

女扮男裝者佯稱命中犯了水府三官星且五湖四海有龍王讀書人敬天地不脫鞋過河	川劇 11
女扮男裝者故意越床界連續受罰三日紙筆使貧者不敢越界而防人識己為紅妝	歌仔冊 12、13
設計引人離開自己先渡河以防他人識之己為紅妝	黃梅戲 2
過江不脫衣服佯稱上有青天下有地水通四海有龍王此江原是東海口又有水神來巡江讀書人敬天地	鼓詞 2
芭蕉葉墊石板上偵測男女	壯劇 1
女扮男裝者因女性特徵行徑被疑為紅妝	鼓詞 2　竹板歌 2　黃梅戲 2
三寸金蓮	鼓詞 2　歌仔冊 12、13　黃梅戲 2　淮劇 2　川劇 11
男子夢中被太白金星用醐心酒迷住心竅攝去真魂換痴魂致使與女子同牀三年不辨雌雄	越劇 1
女扮男裝者以花鞋為聘托媒自訂終身	竹板歌 2
女扮男裝者以紅繡花鞋為聘托媒自訂終身	黃梅戲 2
十八相送	越劇 1
女扮男裝者打（十二個）啞謎暗喻己為紅妝表露情愫	故事 11
女扮男裝者借事物暗喻己為紅妝表露情愫	鼓詞 2　竹板歌 2　川劇 11　黃梅戲 2
女扮男裝者獻三寸金蓮示愛	歌仔冊 12、13
女扮男裝者獻乳示愛	歌仔冊 12、13
借詩喻春情	歌仔冊 12、13
神明迷目致不知同窗為女子	歌仔冊 12、13

來潮屈指算知人有災難駕彩雲下凡以金丹救人	
透露仙機致救人仙丹罔效	歌仔冊 12、13
神仙告知人之陽壽將盡	歌仔冊 12、13
主人陽壽該終僕人願替主人身亡懇求神仙相助	歌仔冊 12、13
甲求神仙願替乙死神仙賜金丹救乙不死	歌仔冊 12、13
回魂金丹二粒一粒救人回魂一粒磨陰陽水再服用	歌仔冊 12、13
女子以死威脅吊孝	歌仔冊 12、13
女扮男裝吊孝	歌仔冊 12、13
下凡金童人間殉情玉女嘆息驚動天上衆神上奏玉皇	竹板歌 2
神壇社廟門神放陰魂入夢會情人	竹板歌 2
門神阻擋陰魂入室	鼓詞 2
陰魂說情哀求門神放行門神同情而放行	鼓詞 2
引魂童子在前引陰魂入門長生土地隨後跟行	鼓詞 2
禱祝陰魂入夢成真	鼓詞 2
陰魂托夢	鼓詞 4
陰魂托夢敘舊情	鼓詞 2
陰魂托夢說因果	黃梅戲 2
新娘與夫婿外出搭船過情人墓忽風雨交加不能前	故事 11
新娘哭祭即景口授祭文忽雷雨交加墓開死人顯靈拉人同歸陰	故事 11
新娘哭祭墓碰碑殉情	壯劇 1
新娘哭祭禱祝顯應墓開（三尺口）人鑽墳	黃梅戲 2

立即黑風猛雨飛砂走石響雷庭度脫死屍成仙人	
老祖下凡指點開棺死者復生	歌仔冊 12、13
老祖下凡賜仙丹	歌仔冊 12、13
南華老祖變和尚下凡唸真言咒語步罡踏斗施法水救死七日之人回魂	歌仔冊 12、13
神將帶人出丹池回陽	歌仔冊 12、13
閻王不許陰魂入枉死城而回陽復生	鼓詞 2、4
閻王判殉情男女還陽成婚	竹板歌 2
陰魂還陽與註定姻緣對象結婚	越劇 1
二世還陽各分離	鼓詞 2
掘墓尋妻	竹板歌 2　黃梅戲 2
新郎掘墓尋妻驚動神仙（太白星梨山老母）	鼓詞 2
新郎掘墓尋妻驚動神仙（梨山老母呂洞賓）	鼓詞 4
殉情男女上天堂告狀	歌仔冊 12、13
新娘投墳新郎氣死閻王殿前告狀	鼓詞 4
新娘投墳新郎懸梁自盡陰司告狀	竹板歌 2
未婚妻殉情自願下陰間告狀	歌仔冊 12、13
陰魂至陰司第一殿懇請把門小鬼通傳	竹板歌 2
閻王差小鬼吊陰魂問案	鼓詞 4
閻王差小鬼拿魂問案	鼓詞 2
閻王示陰陽簿斷案	竹板歌 2
玉帝差值日功曹神將下凡抓人魂魄斷案	歌仔冊 12、13
玉帝斷姻緣	歌仔冊 12、13
神將帶人魂魄上靈霄殿斷案	歌仔冊 12、13
仙人賜金丹上天庭玉帝斷案	歌仔冊 12、13

值年神將	歌仔冊 12、13
值時太歲	歌仔冊 12、13
笑面童子在蓬萊島看守仙桃	歌仔冊 12、13
彩雲仙子	歌仔冊 12、13
斬妖台	歌仔冊 12、13
混元金傘	歌仔冊 12、13
開路神	歌仔冊 12、13
萬仙陣	歌仔冊 12、13
綑仙寶繩	川劇 11
聚寶堂	歌仔冊 12、13
廣明殿中四大天師排兩邊	歌仔冊 12、13
魔家四天王	歌仔冊 12、13
靈霄殿	歌仔冊 12、13
人棄軍糧於海陰司牛頭馬面查知上奏閻王記善惡簿	竹板歌 2
前世恩怨未了今世在報前仇	竹板歌 2
觀音下凡撒蓮水山林長芋頭每顆幾十斤重	竹板歌 2
觀音拿路邊草子一捧撒山三日成麥每條麥串成斤	竹板歌 2
觀音揀竹米撒山中成穀麥	竹板歌 2
玉禪老祖搭救死人（梁山伯）上山學武藝〔死而復活〕	壯劇 1
玉帝令呂純陽梨山老母下山分別救活殉情男女回仙山學習武藝	越劇 1
呂洞賓救人回朝陽洞習文練武	鼓詞 2、4
呂洞賓梨山老母救陰魂回仙山學道	黃梅戲 2

人能千變萬化	鼓詞 2、4
人能呼風喚雨	故事 11　鼓詞 4
女扮男裝上京尋夫	竹板歌 2
女扮男裝外出尋夫	越劇 1
女扮男裝上京趕考	淮劇 2
彩樓拋繡球招親	鼓詞 2、4
女扮男裝科考中狀元	鼓詞 2、4
女狀元	竹板歌 2
女狀元娶妻（招女扮男裝者為駙馬）	鼓詞 2、4
狀元夫妻（雙狀元）	竹板歌 2
女扮男裝者科考中狀元皇帝招為駙馬	竹板歌 2
對五經招親	鼓詞 2
對經招親	鼓詞 4
洞房花燭新郎夜讀經書不入洞房	鼓詞 2
新郎新娘洞房夜吟詩達旦	歌仔冊 12、13
神仙賜紅羅黑繩包天羅帕無價寶	鼓詞 2、4
口唸六甲靈文撒包天羅帕十員大將不見形	鼓詞 2、4
口唸真言手指南方（法術）紙人紙馬成三升芝麻兵陣前殺敵	鼓詞 2
口唸真言咒語吞食六甲靈文成兩臂掌力千斤重奪壺殺敵	鼓詞 2、4
口喊捆了吧九股繩捆住人身動彈不得	鼓詞 2、4
唸咒語成烏天暗地打雷	歌仔冊 12、13
唸真言咒語法術變出水火葫蘆往下傾上面火燒千萬丈下傾洪水	鼓詞 2、4
唸真言頓飛沙走石	鼓詞 2、4
祭仙人帕致人落馬	歌仔冊 12、13

（四）885B 類型情節單元索引

情 節 單 元	故事編號
大水過後伏羲女媧兄妹成親立下人烟	故事劇 1
大石自立	故事 137
金童玉女下凡投胎	民歌 13
女子夢日貫懷而受孕	文獻 23-2
懷胎十二月	文獻 23-2
生女者將女兒自幼扮男裝瞞過他人	故事 7
為家產傳男不傳女之族規生女者將女兒自幼扮男裝設法繼承家產	故事 22、137
女扮男裝娛父母為父母窺知	小說 15
過目不忘	民歌 13
女扮男裝逛市集	小說 15
丫環扮書僮逛市集	小說 15
女子絕食要脅外出求學	故事 130
女扮男裝瞞過家人鄉鄰	文獻 10
女扮男裝外出求學	文獻 2、10、11-3、12-1、23-2、25　故事 19、79、115、130、139、140、146、149　江淮劇 1　布依戲 1　五調腔 1　故事劇 1　小說 13、15　電影 8
〔女扮男裝外出求學〕	文獻 27
女扮男裝外出遊學	文獻 32
女子幼扮男裝與人共學	文獻 4、8-1、24　故事 7、22
女子幼扮男裝與男子共讀外出求學訪友	故事 136

（五）不屬梁祝類型故事情節單元索引

情　節　單　元	故事編號
王母娘娘蟠桃會宴請各路神仙	故事 111
蟠桃三千年開一次花三千年結果三千年果熟	故事 133
西天王母用天上甘霖嗽口	故事 133
王母娘娘蟠桃會宴請各路神仙	故事 111
吃蟠桃能長生不老	故事 133
琉璃燈由三千工匠打造三千年而成其光可治百病	故事 133
牛郎織女	歌曲 12
玉皇大帝心知金童玉女動凡心假裝瞌睡偵測真相	故事 105
玉皇大帝睡覺睜開一眼	故事 98
玉皇大帝令土地爺折磨下凡的金童玉女	故事 98
玉皇大帝令土地爺將人的靈魂扣在香爐底下使人變傻	故事 98
玉帝駕前金童玉女動凡心被貶罰紅塵做凡人	民歌 50
西王母睡夢中翻身踢碎琉璃燈怪罪侍女侍童貶罰彼此有情意之侍女侍童下凡行俠仗義教化百姓愛不成婚情動天地二十六年後再回天堂結案	故事 133
童男童女動情打翻盤碗王母娘娘貶罰人間永世不成姻緣	故事 111
托塔李靖天王將昏睡之侍女侍童往上拋至半空中飄飄落下各自投胎轉世	故事 133
太白金星向侍女侍童心肝腦門處吹三口仙氣為二人脫胎換骨增加文膽藝肝成就	故事 133

文武全才

往嶧山東面一扔立現菡萏盛開之蓮池

仙人（呂洞賓）留劍（龍泉劍）於洞中預　　　　故事 143
贈百年後二學子期望二人斬妖為民除害

仙人（呂洞賓）置寶劍於巨石上瞬間寶劍　　　　故事 143
嗖一聲消失不見

仙人（張果老）手一指立現岩洞石桌酒菜　　　　故事 143

仙人（曹國舅）用象牙笏板對嶧山指了幾　　　　故事 143
指立現幾座廟宇

仙人（漢鍾離）用八角扇對嶧山扇了幾扇　　　　故事 143
扇出幾條登山盤道

仙人（韓湘子）吹神笛招來飛禽走獸　　　　　　故事 143

仙人（藍采和）伸手籃中抓一把種子四面　　　　故事 143
八方一撒瞬間花木滿山香氣撲鼻

仙人（鐵拐李）用拐杖在嶧山點了幾點點　　　　故事 143
出許多泉和洞

太上老君算定八仙遊嶧山各展神能點綴　　　　故事 143
嶧山告知呂洞賓往後必有妖精興風作浪
要呂洞賓把寶劍置於山西南巨石上以斬
妖百年後再取回

人向送子觀音求子觀音變魚婆子賣魚蝦　　　　故事 132
試探禱祝者心誠不誠

女子夜夢送子觀音持淨瓶口中唸唸有詞　　　　故事 131
瓶中飛出鳳凰繞室一圈停在肚皮上低頭
啄其肉而驚醒其後懷孕

女子分娩時見國山碑上烏雲密佈山上突　　　　故事 132
然長出一棵參天大柏其旁長出一棵併頭
毛竹竹柏慢慢靠攏並見五顏六色光彩其
後杉竹合一化作一道白光飛走

踩花受孕　　　　　　　　　　　　　　　　　故事 28

花蝶進房入幃婦人受孕　　　　　　　　　　　故事 77

懷胎十三個月　　　　　　　　　　　　　　　故事 132

孕中訂親　　　　　　　　　　　　　　　　　故事 25　　大鼓書 1、2

嫂嫂譏誚女扮男裝外出求學者出時主婢
雙攜手回轉與同姑丈拜公婆 　　　　　　閩劇 3

嫂嫂譏誚女扮男裝外出求學者回家抱個
小寶貝 　　　　　　　　　　　　　　民歌 47

嫂嫂譏諷外出求學者回家抱外甥 　　　　楚劇 1

譏誚女扮男裝外出求學回來抱孩兒 　　　電視連續劇 8

譏誚女扮男裝外出求學者後日書巾包孩
兒 　　　　　　　　　　　　　　　　歌仔冊 20

女扮男裝瞞過父母 　　　　　　　　　　故事 29

女扮男裝瞞過父親 　　　　　　　　　　故事 39

女扮相士瞞過父親 　　　　　　　　　　故事 32-2　　民歌 47

女扮郎中瞞過父母 　　　　　　　　　　歌仔戲 14

女扮郎中瞞過父親 　　　　　　　　　　小說 16

女扮賣卜人瞞過母嫂 　　　　　　　　　灘簧 1

女扮卜卦先生 　　　　　　　　　　　　故事 33

女扮卜卦先生瞞過父親 　　　　　　　　電視連續劇 8

女扮男裝者地下葬三尺紅絹賭誓三年若
心邪則變黑灰若心正則嶄新如初 　　　故事 32-1

女扮男裝者埋七尺紅綾布於月季花下賭
誓三年後若品行不端則紅綾爛掉月季花
枯萎 　　　　　　　　　　　　　　　　故事 33

女扮男裝者栽月季花賭誓貞潔則一年四
季葉綠花紅若失貞則枝枯花焦 　　　　故事 30

女扮男裝者栽種牡丹賭誓貞潔則花鮮豔
若失貞則花枯凋謝 　　　　　　　　　　故事 29

女扮男裝者賭誓失貞則月月紅枯花不開 　故事 31

女扮男裝者賭誓若貞潔則牡丹花開若失
貞則牡丹枯死 　　　　　　　　　　　　故事 32-2

女扮男裝者賭誓若貞潔則海棠花開若失
貞則海棠花死 　　　　　　　　　　　　故事 32-4

	2 二夾弦 2 北京曲劇 4 花朝戲 1 龍江劇 1 武寧採茶戲 7 四川曲劇 5、18、21 小說 16 電影 7 電視連續劇 1、8 漫畫 1
丫環扮書僮與人結拜為兄弟	明傳奇 8 電視連續劇 8
結拜者賭誓生同羅帳死同墳後有更改上天罰勿超生	灘簧 1
結拜者賭誓若欺兄背弟則墜酆都地獄門	閩劇 3
〔女扮男裝者與人夜間同宿象牙床〕	民歌 5
睡蕉葉測體溫分辨男女	故事 69
墊荷葉睡覺以翠綠或焦黃偵測男女	電視連續劇 8
以左右腳何者下跪行禮分辨男女（男左腳女右腳）	電視連續劇 8
以行禮左右腳何者上前分辨男女	故事 37
女扮男裝者石砸鴛鴦力氣小被疑為紅妝	民歌 37-2 大鼓書 1、2
女扮男裝者因女性特徵行徑被疑為紅妝	明傳奇 3、4、5 灘簧 1 川劇 2 小說 16 電視連續劇 8
女扮男裝者有耳環痕被疑為紅妝	越劇 13、35
女扮男裝者佯稱女子乳大好生娃男子乳大做大官以防他人識己為紅妝	電視連續劇 8
女扮男裝者佯稱耳環印痕是自幼多病廟會扮觀音消病除災所致以防他人識己為紅妝	電視連續劇 8
女扮男裝者大熱天包緊緊不與人泡澡被疑為紅妝	漫畫 1
女扮男裝者風吹女花香被疑為紅妝	黃梅採茶戲 3
女扮男裝者風吹露出女兒裝被疑為紅妝	民歌 55

三年和衣而眠

女扮男裝者佯稱衣服四十九個紅絲鈕難以脫下以防他人識己為紅妝	莆仙戲 1
女扮男裝者佯稱身上有一百零八個紐扣和衣而眠	電視連續劇 8
女扮男裝者佯稱為雙親疾病發願衣服七七個結三年和衣而眠	明傳奇 4
女扮男裝者佯稱過江脫光衣裳一來難對天地二來失禮海龍皇	民歌 7
女扮男裝者佯稱廟會扮女觀音巧計使人不識紅妝	民歌 55
女扮男裝者佯稱雙親疾病發願衣服七七個結三年和衣而眠	明傳奇 5
女扮男裝者和衣而眠以防人識破己為紅妝	歌仔戲 14
女扮男裝者夜置芭蕉葉於屋外淋露水使蕉葉青綠以防他人識己為紅妝	故事 69
女扮男裝者故意反寫文字引人離去自行渡河以防他人識己為紅妝	雜曲 4
女扮男裝者故意反寫好字佯稱不知其義引人離去自己先過河	紹興文戲 1
女扮男裝者故意越床界罰紙筆使貧者不敢越界而防人識紅妝	歌仔冊 17
女扮男裝者將荷葉晾在窗口使翠綠以防他人識己為紅妝	電視連續劇 8
女扮男裝者設計引人離去自己先過河	明傳奇 3
女扮男裝者與人三年同床共枕和衣而眠	拉場戲 3
女扮男裝者與人同床分界而眠	莆仙戲 1
女扮男裝者與人同床衾枕分界以防他人識己為紅妝	十番八樂 5
女扮男裝者蹲姿小解佯稱怕厭污日月三光以防他人識己為紅妝	明傳奇 7

身

女扮男裝者以蝴蝶玉扇墜為聘托媒（師母）為媒自訂終身	越劇 11、40
女扮男裝者以蝴蝶玉環為聘托師母為媒自訂終身	歌曲 11
女扮男裝者以蝴蝶風箏為聘托媒（師母）自訂終身	電影 7
〔女扮男裝者以白玉環蝴蝶墜為聘托媒（師母）自訂終身〕	歌曲 4
人對橋說裂果如其言情人由此分手成悲劇	故事 145
啞謎喻（定）婚期	故事 46、63　民歌 42　彈詞 6　木魚書 2　歌仔冊 8、17　明傳奇 4、5、7、8、9、10、11、12　高腔 1　越劇 3　紹興文戲 1　晉劇 1　閩劇 3　睦劇 1　莆仙戲 1　粵劇 4　南管 1、2　歌仔戲 17　白字戲 1　荊州花鼓戲 1　電視連續劇 8
誤猜啞謎造成悲劇	故事 46　彈詞 6　錦歌 6　歌仔冊 7、8、17　明傳奇 7、8、9、10、11、12　高腔 1　睦劇 1　莆仙戲 1　白字戲 1
遲來求婚造成悲劇	歌曲 8　木魚書 3　歌仔冊 14、16　崑曲吹腔 1　越劇 11、18、22、40、41　贛劇 1　川劇 9　粵劇 15　劇本 1
〔遲來求婚造成悲劇〕	滿江紅 1
誤猜啞謎造成相思病重	南管 1

更鮮

埋牡丹花下紅羅三年顏色依舊牡丹色更佳	南管 2
埋紅綾手帕於海棠花傍賭誓若失貞則爛如泥漿若貞潔則白如雪花更紅光	贛劇 1
埋紅綾於樹下三年顏色十分新	湖南三棒鼓 3
埋紅羅於牡丹下三年紅羅不爛牡丹色更佳	明傳奇 7
埋紅羅於牡丹花下賭誓若失貞則牡丹花死紅羅朽爛	明傳奇 10、12
埋紅羅絲帕於牡丹花下焚香賭誓若失貞則紅羅灰色化塵埃若貞潔則紅羅依舊花紅	閩劇 3
肆意糟蹋繡花鞋三年仍鮮豔如初	故事 32-3
滾水澆（燙）花花越香紅（鮮豔）	故事 29、32-1、32-2
滾燙開水淋月季花花鮮豔盛開	電視連續劇 8
熱米湯澆花越燙越紅	故事 33
燒焦牡丹重生根莖發芽開花	故事 29
月夜聯佳句	故事 27
土地爺把魂還給失魂者使人清醒	故事 98
對文招親	電視連續劇 8
謎語指引路的方向	故事 92
燭光雙蕊喜事來	電視連續劇 8
燭花雙蕊預兆喜事	越劇 18
月老仙師一變二變將身不見三變四變老道出現	閩劇 3
月老仙師以占卦姻緣是空點化男子	閩劇 3
月老仙師無頭觀男女有三世姻緣變老道下凡指點	閩劇 3

婚姻受阻相思病死	故事 44、71
婚姻受阻悔斷三根腸子病死	故事 98
婚姻受阻殉情而死	民歌 65　十番八樂 2 北京曲劇 2
求婚不成（婚姻受阻）憂鬱而死	故事 71
〔婚姻受阻殉情〕	故事 138
情人他嫁服毒自盡	民歌 27-2
人被活埋而死	故事 84
死者死前見金童玉女王母差人來迎接天 上神將迎隨神兵神將滿房內而他人未見	歌仔冊 7
人死前天兵天將滿房內王母差金童玉女 接回天庭	歌仔冊 17
死不瞑目（一隻眼閉一隻眼開）	宣卷 1　越劇 2、11、 12、30　二夾弦 2
死不瞑目（一眼睜一眼閉用手指撳也不 開）	故事 44
死不瞑目者被情人說中心事始閉上雙眼	越劇 2、30
人死後隻眼不閉至情人知其故始嘆氣而 後閉眼	故事 44
女子私奔逃婚	電視連續劇 1
女子被逼婚而自盡	故事 59
女子被逼婚而剪髮出走為尼	故事 46
女子被逼婚憂鬱成疾而死	故事 68
女子被逼婚灌醉新郎女扮男裝潛逃	故事 52
佯稱相思病死誆人吊喪	莆仙戲 1
女扮男裝弔孝	歌仔冊 9、19　粵劇 12
男子假裝相思病死藏身假造墓穴	故事 21
新娘白衣素服假意祭情人墳跳墳殉情實 則與情人私奔成婚	故事 21

三、無情節單元文本索引

國家圖書館出版品預行編目

梁祝故事研究 / 許端容著. -- 一版. --
臺北市：秀威資訊科技，2007[民 96]
　冊；　公分. --（語言文學類；AG0060）
參考書目:面　含索引
ISBN 978-986-6909-47-4(一套：平裝)

857.2　　　　　　　　　　　96004612

語言文學類　AG0060

梁 祝 故 事 研 究（四）

作　　者 / 許端容
發 行 人 / 宋政坤
執行編輯 / 呂祥竹
圖文排版 / 呂祥竹　林靜慧　林蘭育
封面設計 / 許獻心
數位轉譯 / 徐真玉　沈裕閔
圖書銷售 / 林怡君
法律顧問 / 毛國樑　律師
出版印製 / 秀威資訊科技股份有限公司
　　　　　台北市內湖區瑞光路 583 巷 25 號 1 樓
　　　　　電話：02-2657-9211　　　傳真：02-2657-9106
　　　　　E-mail：service@showwe.com.tw
經 銷 商 / 紅螞蟻圖書有限公司
　　　　　台北市內湖區舊宗路二段 121 巷 28、32 號 4 樓
　　　　　電話：02-2795-3656　　　傳真：02-2795-4100
　　　　　http://www.e-redant.com
2007 年 3 月 BOD 一版
2007 年 11 月 BOD 二版
四冊定價：2000 元

讀 者 回 函 卡

感謝您購買本書，為提升服務品質，請填妥以下資料，將讀者回函卡直接寄回或傳真本公司，收到您的寶貴意見後，我們會收藏記錄及檢討，謝謝！
如您需要了解本公司最新出版書目、購書優惠或企劃活動，歡迎您上網查詢或下載相關資料：http:// www.showwe.com.tw

您購買的書名：_____

出生日期：_____年_____月_____日

學歷：□高中 (含) 以下　　□大專　　□研究所 (含) 以上

職業：□製造業　□金融業　□資訊業　□軍警　□傳播業　□自由業
　　　□服務業　□公務員　□教職　　□學生　□家管　　□其它_____

購書地點：□網路書店　□實體書店　□書展　□郵購　□贈閱　□其他

您從何得知本書的消息？

　□網路書店　□實體書店　□網路搜尋　□電子報　□書訊　□雜誌

　□傳播媒體　□親友推薦　□網站推薦　□部落格　□其他_____

您對本書的評價：（請填代號　1.非常滿意　2.滿意　3.尚可　4.再改進）

　封面設計____　版面編排____　內容____　文／譯筆____　價格____

讀完書後您覺得：

　□很有收穫　□有收穫　□收穫不多　□沒收穫

對我們的建議：_____

_____

_____

_____

11466
台北市內湖區瑞光路 76 巷 65 號 1 樓

秀威資訊科技股份有限公司　　　收

BOD 數位出版事業部

姓　　名：＿＿＿＿＿＿＿＿＿　年齡：＿＿＿＿　性別：□女　□男

郵遞區號：□□□□□

地　　址：＿＿＿＿＿＿＿＿＿＿＿＿＿＿＿＿＿＿＿

聯絡電話：(日) ＿＿＿＿＿＿＿＿＿ (夜) ＿＿＿＿＿＿＿＿＿

E-mail：＿＿＿＿＿＿＿＿＿＿＿＿＿＿＿＿＿＿＿